나의 영어 이야기

글 그림 A.J Farquhar 한유진

사랑하는 나의 가족에게

나의 영어 이야기 <두 번째 이야기 제1권>을 시작하며

영어를 열렬히 배우려고 애썼던 시절이 있었다.

영어를 모국어로 가진 사람들 사이에서 그들이 어떻게 말하는지를 보고 배우면서 영어에 익숙해지려고 많은 노력을 기울였던 시절이었다.

그 과정에서 차츰, 영어도 우리가 서로 소통하는 도구로서 언어라는 것, 그리고 언어는 관계성이라는 것을 다시 크게 깨닫는 계기가 되었다.

세상에서 좋은 자리를 위한 주요 시험과목으로 영어를 접하다 보니 "영어는 서로 소통하는 도구로서 언어"라는 사실을 잊게 되고, 이 각박한 세상에서 어느 때부터인가 "언어는 관계성을 여는 도구"라는 사실도 점점 망각하게 된 것이다.

인류에게 "말"은, "나"와 "너"의 관계성으로 세상을 열고 다스림의 도구로서 주어진 최고의 선물이란 이 소중한 사실이 어느 순간부터 잊히면서 세상을 향해 나약함과 비겁함의 도구로 된 듯하다.

"나의 영어 이야기"는 단지 공부만 잘하는 영어 공부가 아니라, 순수한 마음으로 "나"를 돌아보고 "너"의 "말"을 "나의 말"처럼 경청하면서 잊힌 것을 다시 찾아가는 긴 여정의 글이다.

힘들게 배웠던 나의 영어를 통해, "나"와 "너"는 서로 소통하기 위해서 같은 언어를 쓴다는 것과, 언어는 "나"와 "너"의 관계성을 위해 같은 문장을 갖게 하는 도구가 된다는 것과, 또, 우리는 다시 순수한 눈으로 세상을 열고 다스릴 수 있다는 것을 깨달을 수 있기를 바라는 마음으로 이제 이 글을 시작한다.

나의 영어 이야기<두 번째 이야기 제1권>

 제1강 문장

제1강 문장

"나"와 "너"는 말을 할 때 서로 같이 아는 단어(언어)를 통해 같은 한 문장의 형식으로 말하고 듣게 된다.

서로 같이 아는 단어들로 이루어진 그 문장은 "나"와 "너"에게 "한 주체와 그 주체의 동작"에 대한 이야기를 만들어 주면서 그대로 "나의 말"이 된다.

곧, "나"와 "너"는 이 문장으로 "이야기"를 주고받으며 "말"을 하게 되는 것이다.

1. 영어의 문장

한국어의 문장구조와 영어의 문장구조
한국어 문장은 주체인 단어 다음에 동작의 단어가 바로 나오지 않고, 그 동작이 필요로 하는 단어들(부사, 목적어)을 먼저 내세우면서 끝에 동작의 단어가 나오는 구조로 마무리된다.

영어 문장은 주체의 단어 다음에 동작의 단어가 바로 나오고, 이어 동작에 필요한 단어들이 그 뒤를 따르게 되는 구조로 마무리된다.

한국어 문장과 영어 문장의 "조사"
한국어는, 제 위치에서 제 역할을 하는 단어에 알맞게 의미가 통용될 수 있도록 필요한 조사를 따로 붙이지만,

영어의 경우는, 조사가 그 위치에서 그 역할을 하는 단어 속에 포함되어 있기 때문에 조사를 위한 단어가 따로 붙지 않는다.

한국어 문장과 영어 문장의 처음 첫 단어
한국어는 문장의 첫 단어부터 마지막 단어까지 어떠한 차별을 두지 않고 다만 철자에 맞는 정확한 단어(언어)들로 문장이 구성된다.

영어는 한국어와는 달리 대문자와 소문자의 구분을 뚜렷이 가지고 있으므로 해서,
문장의 처음 시작을 여는 단어에 대해 그 첫 철자를 대문자로

표기하여 차별을 두고 그다음부터 끝까지 소문자로 쓰면서 철자에 맞는 정확한 단어(언어)들로 문장이 구성된다.

★★《영어와 한국어는 서로 다른 언어와 다른 문장구조로 되어 있지만, 그 단어들과 문장구조를 학습하게 된다면, 또 하나의 모국어에 대한 가능성을 충분히 지닐 수 있게 된다. 곧, 각 나라의 말(모국어)들이 다른 언어(단어)와 다른 문장구조로 구성돼 있더라도 -비록 모국어가 다르더라도- 상대방의 언어와 문장을 배우게 된다면 서로 주고받으며 대화를 할 수 있고 의견교환도 가능하게 되는 것이다.》★★

2. 주체와 주어

주체

문장 안에서 주체는 동작을 이루는 대상으로서, 막연하지 않으면서 존재성(존재하는 목적, 이유, 용도)이 정확히 들어 있는 단어가 그 자리에 있게 되고, 이러한 주체는 동작의 단어 바로 앞에 나란히 위치해 있으면서 함께 호흡한다.

문장 안에서 주체는 하나의 동작을 가질 때 시간의 흐름을 따라가는 존재로서, 한 문장에 하나의 동작을 가진 주체가 다음 문장의 주체로 또 쓰이게 될 때는 시간의 흐름에 따라 다른 호흡의 동작을 갖게 되면서 전의 문장과 다른 의미를 지닌 주체가 된다.

한 문장과 다음 문장에 연이어 같은 인물, 혹은 사물을 주체로 쓰게 되더라도, 그 주체는 전과 같은 존재가 되지 않으며, 문장에서 한 주체는 다만 "한 문장에 대하여 하나"로서 의미를 지니게 된다.

주어

문장 안에서 주어는 한 문장의 시간과 공간의 주인으로서, 그 문장 안의 시간과 공간을 이끌어 갈 수 있도록 막연하지 않으면서 정확한 해석이 가능한 단어가 그 자리에 있게 된다.
이러한 문장의 주어는 문장 맨 앞에 위치해 있고, "주체와 동작의 이야기"와 호흡을 같이하면서 그 문장을 이끌어 간다.

그러므로 동작의 대상으로서의 주체는 문장의 주어가 될 수 있으며, 이때는 주어에 대한 조사 "은, 는"이 포함된 채 그 문장의 주어가 된다.

제2강 단수 주체의 단어와 주어

제2강 단수 주체의 단어와 주어

1. "나"와 "너"

"나"와 "너"와 "말"
"말"은 말하고 들을 때 그 존재가 나타나며, "나"와 "너"는 서로 말하고 들을 때 그 존재가 나타난다.

곧, "나"는 "너"에게 나의 생각을 말하고, "너"는 "나의 말"을 듣고 반응하게 될 때
"나"와 "너"와 "말"은 모두 실체로서 존재하게 되는 것이다.

"나"와 "너"와 "문장"1
"말"은, 서로 같이 아는 단어(언어)를 통해 같이 알고 있는 문장의 형식으로 주고받을 때 "소통하는 말"로서 존재성을 갖게 되고,
"나"와 "너"는, 바로 그 "문장"의 형식으로 말을 주고받을 수 있게 되면서, "말하는 나"와 "나의 말을 듣는 너"로서 존재성을 갖게 된다.

그 "문장"으로, "나"는 "너"에게 "나의 생각"이 들려지도록 "말"을 할 수 있게 되고, "너"는 "나의 말"에 반응을 할 수 있게 되며,
곧, "나"와 "너"가 서로 같은 문장으로 말을 주고받는 가운데, 나의 말은 너에게 들어가고 너의 말은 나에게 들어오면서

"나"와 "너"와 "말"은 "하나"가 될 수 있고 진정한 실체로서 존재하게 되는 것이다.

"나"와 "너"와 "문장"2
이제 "나"와 "너" 사이에 존재하는 "그 문장"으로 인하여 서로 말하고 듣는 "말"의 주체가 될 수 있는 "나"와 "너"는, 문장 안에서, 존재성이 들어 있는 어떤 단어라도 다 동작의 주체로 만들 수 있게 되고, 또한 그 주체에게 다양한 동작을 입히면서 모든 "말 (이야기)"을 주관할 수 있게 된다.

곧, 그 문장이 주도하는 대로 "한 주체와 그 주체의 동작"의 이야기가 만들어지게 되고, "나"와 "너"는 그 이야기를 주고받으며 "말"을 하게 되는 것이다.

"나"

"나"는, "나의 생각을 말하는 나"이며, 스스로 "나"라고 할 수 있는 유일한 존재이다.

"나"는, "나의 말"을 듣는 "너"가 있을 때 실체로 존재할 수 있게 되고, "나의 말을 듣는 너"가 "말하는 나"로 될 수 있도록, 스스로 "나"이면서, 또한 스스로 "너"가 될 수 있는 존재이다.

문장 안에서 "나"의 존재적 의미는 "말하는 주체"로서, "나"와 "너"가 같은 존재로 같이 인식하게 된 "나"이면서 동시에 문장 안에서 동작의 주체가 될 수 있고 그 문장의 주어도 될 수 있는 것이다.

"너"

"너"는, "나의 말을 듣는 너"이며, "말하는 나"가 있을 때 실체로 존재할 수 있게 되고, 유일하게 다시 "나"가 될 수 있는 존재이다.

문장 안에서 "너"의 존재적 의미는 "나의 말을 듣는 주체"로서, "나"와 "너"가 같은 존재로 같이 인식하게 된 "너"이면서 동시에 문장 안에서 동작의 주체가 될 수 있고 그 문장의 주어도 될 수 있는 것이다.

"나"와 "너"와 대명사

"나"가 "너"에게 나의 생각을 말할 때, 너에게 난 이미 "말하는 나"로서 먼저 제시된 존재가 되고,
"너"가 나의 말을 들을 때, 나에게 넌 이미 "나의 말을 듣는 너"로서 먼저 제시된 존재가 된다.

> **대명사**
> 먼저 제시된 존재를 "그때의 그"로서 표현하더라도, "나"와 "너"는 같은 실체적 존재로 같이 인식할 수 있게 된다. 이러한 "그때의 그"로 표현된 단어가 문장 안에서 한 역할을 할 때 바로 대명사가 되는 것이다.

"나"와 대명사 "I"

문장 안에서 "나"는, "너"에게 말을 할 때 그 존재가 제시되고, "나"

와 "너"에게 "말하는 나"로 같이 인식된 "그때의 그, 나"가 된다.

이러한 존재성으로, 문장 안에서 "나"는 "그때의 나"로서 동작의 주체가 될 수 있고, 그 문장의 주어도 될 수 있으며, 그대로 대명사가 되는 것이다.

영어 단어로는 " I "이고, 문장 안에서 "나 I"는, 먼저 제시된 "말하는 나"가 "나"와 "너"에게 같은 "나"로 같이 인식될 때마다 "나 I"가 될 수 있으며, 특별히 "나 I"는 말을 할 수 있는 유일한 존재가 되면서 문장 어느 자리에 있든지 대문자를 쓰게 된다.

"너"와 대명사 "you"

문장 안에서 "너"는, "나의 말"을 들을 때 그 존재가 제시되고, "나"와 "너"에게 "나의 말을 듣는 너"로 같이 인식된 "그때의 그, 너"가 된다.

이러한 존재성으로, 문장 안에서 "너"는 "그때의 너"로서 동작의 주체가 될 수 있고, 그 문장의 주어도 될 수 있으며, 그대로 대명사가 되는 것이다.

영어 단어로는 "you"이고, 문장 안에서 "너 you"는, 먼저 제시된 "나의 말을 듣는 너"가 "나"와 "너"에게 같은 "너"로 같이 인식될 때마다 "너 you"가 될 수 있으며, "너 you"는 말이 들릴 때 들을 수 있는 존재로서 "말하는 나"처럼 유일한 존재가 되지는 않는다.

2. "나"와 "너"를 제외한 "그"

"그(남자)"

"그(남자)"는, "나 I"와 "너 you"에게 같은 "한 남성"이며, 그 한 남성은 스스로 존재하지 않고, "나 I"와 "너 you"가 존재한 다음 서로 같이 그 "한 남성"을 알 수 있을 때 실체로 존재할 수 있게 된다.

문장 안에서 "그(남자)"의 존재적 의미는 "나와 너에게 같은 한 남성"으로서, "나 I"와 "너 you"가 같은 남성으로 같이 인식하게 된 "그"이면서 동시에 문장 안에서 동작의 주체가 될 수 있고 그 문장의 주어도 될 수 있는 것이다.

"그(남자)"와 대명사 "he"

곧, 문장 안에서 "그"는, "나"와 "너"에게 한 남성이 먼저 제시된 후, 같은 "한 남성"으로 같이 인식된 "그때의 그, 그(남자)"가 된다.

이러한 존재성으로, 문장 안에서 "그(남자)"는 "그때의 그(남자)"로서 동작의 주체가 될 수 있고, 그 문장의 주어도 될 수 있으며, 그대로 대명사가 되는 것이다.

영어 단어로는 "he"이며, 문장 안에서 "he"는, "나 I"와 "너 you"에게 먼저 제시된 한 존재가 같은 "한 남성"으로 같이 인식될 때마다 누구나 "그 he"가 될 수 있어서, 결코 유일한 존재가 되지 않는다.

"그녀(여자)"

"그녀(여자)"는, "나 I"와 "너 you"에게 같은 "한 여성"이며, 그 한 여성은 스스로 존재하지 않고, "나 I"와 "너 you"가 존재한 다음 서로 같이 그 "한 여성"을 알 수 있을 때 실체로 존재할 수 있게 된다.

문장 안에서 "그녀"의 존재적 의미는 "나와 너에게 같은 한 여성"으로서, "나 I"와 "너 you"가 같은 여성으로 같이 인식하게 된 "그녀"이면서 동시에 문장 안에서 동작의 주체가 될 수 있고 그 문장의 주어도 될 수 있는 것이다.

"그녀(여자)"와 대명사 "she"

곧, 문장 안에서 "그녀"는, "나"와 "너"에게 한 여성이 먼저 제시된후, 같은 "한 여성"으로 같이 인식된 "그때의 그, 그녀"가 된다.

이러한 존재성으로, 문장 안에서 "그녀"는 "그때의 그녀"로서 동작의 주체가 될 수 있고, 그 문장의 주어도 될 수 있으며, 그대로 대명사가 되는 것이다.

영어 단어로는 "she"이며, 문장 안에서 "she"는, "나 I"와 "너 you"에게 먼저 제시된 한 존재가 같은 "한 여성"으로 같이 인식될 때마다누구나 "그녀 she"가 될 수 있어서, 결코 유일한 존재가 되지 않는다.

"그것"

"그것"은, "나 I"와 "너 you"에게 같은 "한 사물"이며, 그 한 사물은 스스로 존재하지 않고, "나 I"와 "너 you"가 존재한 다음 서로 같이 그 "한 사물"을 알 수 있을 때 실체로 존재할 수 있게 된다.

문장 안에서 "그것"의 존재적 의미는 "나와 너에게 같은 한 사물"로서, "나 I"와 "너 you"가 같은 사물로 같이 인식하게 된 "그것"이면서 동시에 문장 안에서 동작의 주체가 될 수 있고 그 문장의 주어도 될 수 있는 것이다.

"그것"과 대명사 "it"

곧, 문장 안에서 "그것"은, "나"와 "너"에게 한 사물이 먼저 제시된 후, 같은 "한 사물"로 같이 인식된 "그때의 그, 그것"이 된다.

이러한 존재성으로, 문장 안에서 "그것"은 "그때의 그것"으로써 동작의 주체가 될 수 있고, 그 문장의 주어도 될 수 있으며, 그대로 대명사가 되는 것이다.

영어 단어로는 "it"이며, 문장 안에서 "it"는, "나 I"와 "너 you"에게 먼저 제시된 한 존재가 같은 "한 사물"로 같이 인식될 때마다 모두 "그것 it"가 될 수 있어서, 결코 유일한 존재가 되지 않는다.

3. "나"와 "너"를 제외한 "이 사람, 이것"과 "저 사람, 저것"

(1) "나"와 "너"를 제외한 "이 사람, 이것"

"이 사람, 이것"은, 스스로 존재하지 않고, "나 I"가 가까이 지정하여 "너 you"에게 보여주거나 소개할 때 실체로 존재할 수 있게 된다.

"이 사람"과 "이것"

"이 사람"은, "나"와 관계가 있는 "너"로서 "나"의 곁에 있었고 여전히 "나"와 가까이 있는 사람을 "나"가 "지금의 너"에게 직접 가리켜 보여주거나 소개할 때, 바로 그곳에 있는 존재(실체)가 된다.

"이것"은, "나"와 관계가 있는 "사물"로서 "나"의 곁(나의 손에 닿을 만한 거리)에 있었고 여전히 "나"와 가까이 있는 사물을 "나"가 "지금의 너"에게 직접 가리켜 보여주거나 소개할 때, 바로 그곳에 있는 존재(실체)가 된다.

특히 "이 사람"과 "이것"은, "나 I"가 "너 you"에게 가까이 가리켜 보여주는 순간 "나 I"와 "너 you"가 동시에 같이 사람과 사물의 구분이 가능하게 되며,

문장 안에서 "이 사람, 이것"의 존재적 의미는 "나가 지정하여 '지금의 너'에게 보여주며 소개하는 한 사람, 한 사물"로서, "나"만 알고 있는 한 사람, 한 사물이 이제는 "나 I"와 "너 you"가 같은 존재로 같이 인식하게 된 "이 사람, 이것"이 되면서 동시에 문장 안에서 동작의 주체가 될 수 있고 그 문장의 주어도 될 수 있는 것이다.

"이 사람, 이것"과 대명사 "this"

곧, 문장 안에서 "이 사람, 이것"은, "나"가 "너"에게 직접 가까이 가리켜 보여줄 때 먼저 제시된 존재로서 "그때의 그"가 되고, 동시에 사람과 사물의 구분도 가능하게 되면서, "나"와 "너"에게 같은 한 존재로 같이 인식된 "그때의 그, 이 사람, 이것"이 된다.

이러한 존재성으로, 문장 안에서 "이 사람, 이것"은 "그때의 이 사람, 그때의 이것"으로써 동작의 주체가 될 수 있고, 그 문장의 주어도 될 수 있으며, 그대로 대명사가 되는 것이다.

영어 단어로는 "this"이며, 문장 안에서 "this"는, "나 I"가 "너 you"에게 직접 가까이 가리키면서 먼저 제시되는 한 존재가 "나"와 "너"에게 같은 "한 사람, 한 사물"로 같이 인식될 때마다 모두 "이 사람, 이것 this"가 될 수 있어서, 결코 유일한 존재가 되지 않는다.

"이 사람 this"와 "그 he, 혹은 그녀 she"

문장 안에서 "나 I"가 "너 you"에게 직접 가리켜 보여주고 소개하는

"이 사람 this"가 동작의 주체이자 그 문장의 주어로서 먼저 제시된 후, "이 사람 this"는 이제 "나 I"와 "너 you"에게 가까운 거리에서 같은 "한 남성, 혹은 한 여성"으로 같이 인식되면서 "그때의 그 he, 혹은 그때의 그녀 she"가 될 수 있다.

"이 사람 this"를 보면서, 다음 문장에서 "나 I"와 "너 you"에게 같은 "한 남성, 혹은 한 여성"으로 같이 인식된 "그때의 그 he, 혹은 그때의 그녀 she"는 그 존재성으로 다시 동작의 주체가 될 수 있고, 그 문장의 주어도 될 수 있으며, 그대로 대명사가 된다.

"이것 this"와 "그것 it"

문장 안에서 "나 I"가 "너 you"에게 직접 가리켜 보여주는 "이것 this"가 동작의 주체이자 그 문장의 주어로서 먼저 제시된 후, "이것 this"는 이제 "나 I"와 "너 you"에게 가까운 거리에서 같은 "한 사물"로 같이 인식되면서 "그때의 그것 it"가 될 수 있다.

"이것 this"를 보면서, 다음 문장에서 "나 I"와 "너 you"에게 같은 "한 사물"로 같이 인식된 "그때의 그것 it"는 그 존재성으로 다시 동작의 주체가 될 수 있고, 그 문장의 주어도 될 수 있으며, 그대로 대명사가 된다.

(2) "나"와 "너"를 제외한 "저 사람, 저것"

"저 사람, 저것"은, 스스로 존재하지 않고, "나 I"가 멀리 지정하여 "너 you"에게 보여주거나 소개할 때 실체로 존재할 수 있게 된다.

"저 사람"과 "저것"

"저 사람"은, "나"와 관계가 있었던 "너"로서 "나"의 곁에 있었지만 이젠 "나"와 멀리 떨어져 있는 사람을 "나"가 "지금의 너"에게 직접 가리켜 보여주거나 소개할 때, 바로 그곳에 있는 존재(실체)가 된다.

"저것"은, "나"와 관계가 있었던 "사물"로서 "나"의 곁에 있었지만 이젠 "나"와 멀리 떨어져 있는 사물을 "나"가 "지금의 너"에게 직접 가리켜 보여주거나 소개할 때, 바로 그곳에 있는 존재(실체)가 된다.

특히 "저 사람"과 "저것"은, "나 I"가 "너 you"에게 멀리 가리켜 보여주는 순간 "나 I"와 "너 you"가 동시에 같이 사람과 사물의 구분이 가능하게 되며,

문장 안에서 "저 사람, 저것"의 존재적 의미는 "나가 지정하여 '지금의 너'에게 보여주며 소개하는 한 사람, 한 사물"로서, "나"만 알고 있는 한 사람, 한 사물이 이제는 "나 I"와 "너 you"가 같은 존재로 같이 인식하게 된 "저 사람, 저것"이 되면서 동시에 문장 안에서 동작의 주체가 될 수 있고 그 문장의 주어도 될 수 있는 것이다.

"저 사람, 저것"과 대명사 "that"

곧, 문장 안에서 "저 사람, 저것"은, "나"가 "너"에게 직접 멀리 가리

켜 보여줄 때 먼저 제시된 존재로서 "그때의 그"가 되고, 동시에 사람과 사물의 구분도 가능하게 되면서, "나"와 "너"에게 같은 한 존재로 같이 인식된 "그때의 그, 저 사람, 저것"이 된다.

이러한 존재성으로, 문장 안에서 "저 사람, 저것"은 "그때의 저 사람, 그때의 저것"으로써 동작의 주체가 될 수 있고, 그 문장의 주어도 될 수 있으며, 그대로 대명사가 되는 것이다.

영어 단어로는 "that"이며, 문장 안에서 "that"은, "나 I"가 "너 you"에게 직접 멀리 가리키면서 먼저 제시되는 한 존재가 "나"와 "너"에게 같은 "한 사람, 한 사물"로 같이 인식될 때마다 모두 "저 사람 ,저것 that"이 될 수 있어서, 결코 유일한 존재가 되지 않는다.

"저 사람 that"과 "그 he, 혹은 그녀 she"

문장 안에서 "나 I"가 "너 you"에게 직접 가리켜서 보여주고 소개하는 "저 사람 that"이 동작의 주체이자 그 문장의 주어로서 먼저 제시된 후, "저 사람 that"은 이제 "나 I"와 "너 you"에게 멀리 떨어진 거리에서도 같은 "한 남성, 혹은 한 여성"으로 같이 인식되면서 "그때의 그 he, 혹은 그때의 그녀 she"가 될 수 있다.

"저 사람 that"을 보면서, 다음 문장에서 "나 I"와 "너 you"에게 같은 "한 남성, 혹은 한 여성"으로 같이 인식된 "그때의 그 he, 혹은 그때의 그녀 she"는 그 존재성으로 다시 동작의 주체가 될 수 있고, 그 문장의 주어도 될 수 있으며, 그대로 대명사가 된다.

"저것 that"과 "그것 it"

문장 안에서 "나 I"가 "너 you"에게 직접 가리켜 보여주는 "저것 that"이 동작의 주체이자 그 문장의 주어로서 먼저 제시된 후, "저것 that"은 이제 "나 I"와 "너 you"에게 멀리 떨어진 거리에서도 같은 "한 사물"로 같이 인식되면서 "그때의 그것 it"가 될 수 있다.

"저것 that"을 보면서, 다음 문장에서 "나 I"와 "너 you"에게 같은 "한 사물"로 같이 인식된 "그때의 그것 it"는 그 존재성으로 다시 동작의 주체가 될 수 있고, 그 문장의 주어도 될 수 있으며, 그대로 대명사가 된다.

"this", "that"과 "he", "she", "it"의 대명사

문장 안에서 "이 사람, 이것 this"와 "저 사람, 저것 that"은, "나 I"가
"너 you"에게 "한 사람, 한 사물"을 눈으로, 손으로 가리키면서 먼저
제시한 후, 같은 존재로 같이 인식된 "그때의 그"로서 (지시)대명사
가 되고,

이어서 다음 문장에서 "이 사람, 이것 this"와 "저 사람, 저것 that"에
대한 "그 he", "그녀 she"와 "그것 it"는, "한 사람, 한 사물"에 대하여

"나 I"와 "너 you"가 가까이, 멀리 보면서 서로에게 먼저 제시된 후, 같은 존재로 같이 인식된 "그때의 그"로서 대명사가 되는 것이다.

4. "나"와 "너"를 제외한 "사람 이름"과 "사물 이름"

(1) "나"와 "너"를 제외한 "사람 이름"

"사람 이름"
"사람 이름"은 각자 "한 인물"을 구별하여 부를 수 있도록 고유하게 붙여주는 특성(유일성)을 지니게 된다.

일반적으로, 그 이름을 통해 한 인물의 존재성과 신체적 특징 (성별)을 식별할 수 있게 되고, 또한 그 이름을 통해 한 인물의 존재 자체를 대변할 수 있게 되면서,
곧, "나"가 한 인물의 이름을 부를 때는, 그 인물 자체를 대변하는 그의 이름과 존재성과 신체적 특징이 "하나"로 있는 실체적 존재가 그곳에서 대답을 하게 되는 것이다.

"나"와 "사람 이름"
"나"가 한 인물의 이름을 부를 때 거기에 있는 "그 이름"을 가진 "그 인물"이 "나"를 향해 보면서 대답하게 되면, "나"는 "말하는 나"가 되고 대답을 한 "그 인물(사람)"은 "나의 말을 듣는 너"가 된다.

이때 서로 마주 보면서 같은 존재로 같이 인식될 수 있는 "나"

와 "너"는, 그 존재성으로, 문장 안에서 동작의 주체가 될 수 있고 그 문장의 주어도 될 수 있다.

한 인물은 "나"가 그 이름을 불러 주기 전에는 아직 존재(실체)의 시작이 될 수 없지만, "나"가 그 이름을 불러 줄 때 바로 대답을 하게 된다면, "그 이름"을 가진 "그 인물"은 "나"에게 "한 사람"으로서 막 시작될 수 있고, 그 후 "나"는 "그 사람"과 마주 보며 말하고 듣는 관계성으로 인해 같이 "나"와 "너"가 될 수 있는 것이다.

"나"와 "너"와 "사람 이름"

"말하는 나"와 "나의 말을 듣는 너"의 실체적 존재가 시작된 후, 서로 대화하는 중에 "나"와 "너"에게 한 인물의 이름이 제시되고 서로 같은 인물로 같이 인식되었다면, "나(말하는 나)"와 "너(나의 말을 듣는 너)"는 먼저 그 이름으로 같은 "한 남성, 혹은 한 여성"을 같이 인식할 수 있게 된다.
또, "나"와 "너"에게 그 이름으로 같이 인식된 "한 남성, 혹은 한 여성"이 실체로서 드러나게 될 때는, "그 이름의 한 남성, 혹은 한 여성"은 이제 "나"와 "너"의 문장 안에서 "그때의 그, 혹은 그때의 그녀"로 존재할 수 있게 된다.

한 편, "나"가 그 한 남성, 한 여성의 이름을 따로 부르게 될 때 "그, 혹은 그녀"가 대답하게 된다면, "나"는 "그, 혹은 그녀"와 서로 이름을 부르고 대답할 수 있는 "나"와 "너"가 될 수 있다.

결국 "나"와 "너" 사이에서, 모든 사람의 존재는 "실체"로서 그렇게 시작될 수 있으며, 이러한 존재성을 지니는 "사람 이

름"은 문장 안에서 동작의 주체가 될 수 있고 그 문장의 주어
도 될 수 있는 것이다.

"사람 이름"

"사람 이름"은, "나(말하는 나) I"와 "너(나의 말을 듣는 너) you"가
같이 알게 된 "한 인물의 이름"이며, 그 한 인물의 이름은 스스로 존
재하지 않고, "나 I"와 "너 you"가 존재한 다음 서로 같이 알게 된 그
"한 인물의 이름"을 부르게 될 때 "실체"로서 존재할 수 있게 된다.
(비록 "나의 이름, 혹은 너의 이름"이라 하더라도, "나"와 "너"는 서로
의 이름으로 이루어지는 관계가 아니라, 서로 대면하며 말하고 듣는
관계로 "나"와 "너"가 되는 것이다.)

문장 안에서 "사람 이름"의 존재적 의미는 "나와 너에게 같은 한 인
물의 이름"으로서, "나"와 "너"가 "같은 인물로 같이 인식하고 부르
는 이름"이면서 동시에 문장 안에서 동작의 주체가 될 수 있고 그 문
장의 주어도 될 수 있는 것이다.

"사람 이름"은 그 고유성(유일성)으로 인해, 문장 안에서 이름 그대
로 "고유명사"가 된다.

"사람 이름"과 고유명사
"사람"은 보편적으로 통용되는 이름으로서 일반성의 단어가
되지만,

"사람 이름"은 "한 인물"의 존재를 구별하기 위해 붙여준 고유한 이름으로서 유일성의 단어가 된다.
"사람 이름"의 이러한 특성을 지닌 단어가 문장 안에서 한 역할을 하게 될 때, 바로 고유명사가 되는 것이다.

문장 안에서 "사람 이름들" 이외에도 "호칭들(특정 사람에게 붙여주는 고유한 이름들), "12달들", "언어들", "물건 이름들(특정 물건에 붙여주는 고유한 이름들)", "장소들", "요일들"이 이러한 고유명사에 속한다.

그러므로 한 존재를 구별하기 위한 고유한 이름은 유일성을 지니게 되며, 이 고유명사는 문장 어느 위치에 있든 그 첫 철자를 대문자로 쓰게 된다.

"사람 이름"과 대명사 "he, 혹은 she"

문장 안에서 "나 I"와 "너 you"가 같이 알게 된 "한 인물의 이름"이 동작의 주체이자 그 문장의 주어로서 먼저 제시된 후, "그 이름"은 이제 "나"와 "너"에게 같은 "한 남성, 혹은 한 여성"으로 같이 인식되면서 "그때의 그 he, 혹은 그때의 그녀 she"가 될 수 있다.

"한 인물의 이름"에 대해서, 다음 문장에서 "나"와 "너"에게 같은 "한 남성, 혹은 한 여성"으로 같이 인식된 "그때의 그 he, 혹은 그때의 그녀 she"는 그 존재성으로 다시 동작의 주체가 될 수 있고, 그 문장의 주어도 될 수 있으며, 그대로 대명사가 된다.

문장 안에서 "한 인물의 이름"은 다른 인물과 구별된 "유일한 존재의 고유한 이름"이 될지라도, "나 I"와 "너 you"에게 먼저 제시된 한 인물의 고유한 이름이 같은 "한 남성, 혹은 한 여성"으로 같이 인식될 때마다 누구나 "그 he", 혹은 "그녀 she"가 될 수 있어서, 결코 유일한 존재가 되지는 않는다.

(2) "나"와 "너"를 제외한 "사물 이름"

"사물 이름"

"사물 이름"은 누구나 각각 "한 사물"을 구별하여 사용할 수 있도록 그 목적과 용도에 맞게 붙여지는 특성(일반성)을 지니게 된다.

그 이름으로 한 사물의 존재성인 목적과 용도와, 일반적 형태

를 식별할 수 있게 되고, 또한 그 이름으로 한 사물의 존재 자체를 대변할 수 있게 되면서,

곧, "나"가 한 사물을 사용하게 될 때는, 그 사물에 대한 이름, 목적, 용도와 형태가 "하나"로 있는 실체적 존재가 그곳에서 쓰이게 되는 것이다.

"나"와 "사물 이름" 1

"나"와 "사물"은 마주 보며 말하고 듣는, 서로 이름을 부르고 대답할 수 있는 "나"와 "너"의 관계가 될 수 없고, 다만 "나"가 일방적으로 한 "사물 이름"이 붙여진 "물건"을 그 목적과 용도에 따라 "물질"로써 사용하는 관계인 것이다.

"나"와 "사물 이름" 2

한 사물을 그 용도로 사용하게 되는 "나"는 "그 이름"을 가진 "그 사물"에 대해 의인화를 시킬 수 있는 유일한 존재가 된다.

"나"가 문학적으로 한 사물을 의인화(사물을 사람으로 여기면서 표현하는 문학적 기법) 시키게 된다면, "나"와 "사물"이더라도, 그 경우에는 "나"가 "한 사물의 이름"을 부를 수 있고 "그 사물"은 "너"가 되어 대답할 수 있게 된다.

그때 "나"는 "말하는 나"가 되고 "너"는 "나의 말을 듣는 너"가 되면서, 서로 같은 존재로 같이 인식될 수 있는 "나"와 "너"는, 그 존재성으로, 문장 안에서 동작의 주체가 될 수 있고 그 문장의 주어도 될 수 있다.

나: 장미야!
장미: 네
나: 너는 참 아름다운 창조물이야.
장미: 고마워요. 당신은 참 귀여운 존재예요.

한 사물은 "나"가 그 목적과 용도에 따라 사용하기 전에는 아직 존재(실체)의 시작이 될 수 없지만, "나"가 한 이름과 목적과 용도가 입혀진 사물을 그 존재성(그 목적과 용도)대로 사용하게 된다면, "그 이름"의 "그 사물"은 "나"에게 "한 사물"로서 막 시작될 수 있고, 그 후 "나"는 그 사물을 사용하면서 이루어진 관계성으로 인해 "그 사물"과 같이 "나"와 "너"가 될 수 있는 "사물의 의인화"도 가능하게 된다.

"나"와 "너"와 "사물 이름"
"나"를 통해서 "너"도 "나"와 같이 "사물 이름"을 알게 되고 그 존재성(목적과 용도)과 형태도 알게 된 후, 서로 대화하는 중에 "나"와 "너"에게 한 사물의 이름이 제시되고 서로 같은 사물로 같이 인식되었다면, "나"와 "너"는 먼저 그 이름으로 같은 "한 사물의 형태(물건)"를 같이 인식할 수 있게 된다.
또, "나"와 "너"가 그 이름으로 같이 인식하게 된 "한 사물의 형태(물건)"를 직접 실체(물질)로써 사용할 수 있게 될 때는, "그 이름의 한 사물"은 이제 "나"와 "너"의 문장 안에서 "그때의 그것"으로 존재할 수 있게 된다.

한 편, "너"도 "나"처럼 한 "사물 이름"의 "물건"을 그 목적에 따라 "물질"로써 사용하게 될 때, "너" 역시 바로 "그 사물(물

질)"과 교감하면서 "사물의 의인화"를 이루는 것이 가능하게
된다.

결국 "나"로 인해, 모든 사물의 존재는 "실체"로서 그렇게 시
작될 수 있으며,
이러한 존재성을 지니는 "사물 이름"은 문장 안에서 동작의
주체가 될 수 있고 그 문장의 주어도 될 수 있는 것이다.

≪사물과 물건과 물질≫
"사물"은 사람에 의해 이름이 붙여지고, 생각으로 그 사물을
알 수 있으면서 구체적으로 존재하는 "것"이 되고,
"물건"은 사람에 의해 그 사물의 이름대로 일정한 틀이 만들
어지고, 형체로 그 사물을 알 수 있으면서 실제적으로 존재하
는 "것"이 되며,
"물질"은 사람에 의해 그 사물의 이름대로 그 사물이 사용될
때, 실체로서 그 사물을 인지하면서 주관적 경험에 의해 존재
하는 "것"이 된다.

곧, 한 사물은 "이름"과 "물건"과 "물질"이 함께 존재하는 "것"
으로써, "사물" 안에는 "그 이름을 가진 물건"과 "그 이름으
로 사용되는 물질"이 함께 들어 있게 되며, "사물"은 "물건"과
"물질"에 이르러서 "하나"가 되었을 때, 비로소 "나"와 "너"가
같이 "그 이름"을 통해 "한 사물"을 정확히 알 수 있게 된다.
바로 이 사물을 직접 사용하며 교감도 할 수 있게 됨으로써,
사물은 할 수 없고 사람만이 할 수 있는 "사물의 의인화"까지

이룰 수 있게 되는 것이다.

≪사물의 의인화≫

사물은 사람에 의해 그 목적과 용도(존재성)에 맞게 형태가
만들어지고 이름까지 붙여지게 되면서, "나"는 그렇게 이름이
붙여진 한 사물을 그 사물의 목적과 용도대로 사용할 수 있게
된다.

"나"가 사물을 그 용도대로 사용하게 될 때,

사물은 존재성을 가지며 사물로서의 가치를 갖게 되고, "나"
는 사물의 사용을 통해서 그 사물에 가치를 부여하고 그 사물
과 교감을 할 수 있게 된다.

사물의 의인화는, 곧,

"나"가 사물을 알게 되면, "나"는 사물의 이름을 부를 수 있고
(실제로는, 사용하고 다룰 수 있고), "나"는 그 이름으로 존재
하고 있는 모든 물질의 세계를 이끌면서 다스릴 수 있다는 것
을 의미한다.

"사물 이름"

"사물 이름"은, "나 I"와 "너 you"가 같이 알게 된 "한 사물의 이름"이
며, 그 한 사물의 이름은 스스로 존재하지 않고, "나 I"와 "너 you"가
존재한 다음 서로 같이 알게 된 그 "한 사물"을 "그 이름"대로 사용하
게 될 때 "실체"로서 존재할 수 있게 된다.

문장 안에서 "사물 이름"의 존재적 의미는 "나와 너에게 같은 한 사물의 이름"으로서, "나"와 "너"가 "같은 사물로 같이 인식하고 사용하는 이름"이면서 동시에 문장 안에서 동작의 주체가 될 수 있고 그 문장의 주어도 될 수 있는 것이다.

"사물 이름"은 그 일반성으로 인해, 문장 안에서 이름 그대로 "(일반) 명사"가 된다.

> ### "사물 이름"과 (일반) 명사
> "사물 이름"은 한 사물의 목적과 용도(존재성)와 형태를 구별하면서 사용하기 위해 대중적으로 붙여진 이름으로서 누구에게나 일반성을 지닌 단어가 된다. "사물 이름"의 이러한 특성을 지닌 단어가 문장 안에서 한 역할을 하게 될 때, 바로 (일반) 명사가 되는 것이다.

"사물 이름"의 종류

"한 사물"은 "하나"이지만, 그 이름에는 "세 가지"의 의미가 함께 들어 있다.

"사물 이름"은, 밖으로 드러나지 않으면서 단지 생각으로 그 사물의 있는 그대로의 상태를 알 수 있고, 목적과 용도를 인지할 수 있는 **"관념적 사물 이름"**,
일반적으로 드러난 사실로서 그 사물의 특징과 형태를 알 수 있고, 목적과 용도를 인지할 수 있는 **"개념적 사물 이름"**,

그리고 개인적 체험으로서 그 사물의 있는 그대로의 상태와 특징과 존재성을 인지하고, 그 사물과 직접 관계(사용, 경험, 언급 등)하면서 교감할 수 있는 **"물질적 사물 이름"**의 세 가지로 분류할 수 있다.

"한 사물 이름"은 이렇게 세 가지로 분류할 수 있지만, "한 사물" 안에 들어 있는 이 세 가지 이름이 합쳐져 결국 "하나의 사물"을 이루게 되는 것이다.

★★《"나"에게, "사물"은 직접 사용할 수 있는 "물질적 이름"으로 이르게 될 때 비로소 "실체"로서 존재하게 되는 것이다.》★★

"사물 이름"과 "관사"

> **명사와 관사**
> 문장 안에서 "관념적 사물 이름"은 한 사물에게 붙여준 이름 자체로 명사가 될 수 있지만, "개념적 사물 이름"이나 "물질적 사물 이름"은 그 이름 앞에 "개념"이나 "물질(실체)"을 위한 별도의 표시가 필요하며 그 표시까지 포함된 이름으로 **명사**가 될 수 있다.
> "개념적 사물 이름"이나 "물질(실체)적 사물 이름"을 표시해 주는 단어가 바로 **관사**인 것이다.

<"관념적 사물 이름">

한 사물에 대하여 눈으로 보거나 손으로 만져보지 않더라도, 그 이름으로 그 사물의 있는 그대로의 상태와 목적과 용도를 구체적으로 인지할 수 있으며, 그때 "그 이름"은 그 사물을 "생각"으로 이해할 수 있게 해주는 "관념적 사물 이름"이 된다.

그렇기에 "사물 이름"은 그 자체로 "관념적 사물 이름"이 되는 것이다.

<"개념적 사물 이름"과 "관사 a">

한 사물에 대해서 다만 생각에 머물지 않고, 그 이름으로 그 사물의 밖으로 드러나 있는 일정한 형태(규격, 크기, 틀)나 형체를 충분히 인지할 수 있으며, 그때 "그 이름"은 그 사물을 "한 일반적 특징을 지닌 물건"으로 떠올릴 수 있게 해주고 두루 공감할 수 있게 해주는 "개념적 사물 이름"이 된다.

바로 "관사 a"가 "사물 이름"을 "개념적 사물 이름"으로 이끌어 주는 표시가 된다.

<“물질(실체)적 사물 이름”과 “관사 the”>
한 사물에 대해서 다만 생각이나 형체를 지닌 물건에 머물지 않고,
“나”가 “그 이름”을 가진 “그 사물”과 직접 관계(사용, 경험, 언급 등)
하면서 물리적 경험도 능히 갖게 된다면, 그때 “그 이름”은 그 사물
을 “그 이름대로 다루어지는 물질”로 인지할 수 있게 해주고 “나”와
교감할 수 있게 해주는 “물질(실체)적 사물 이름”이 된다.

바로 “관사 the”가 “사물 이름”을 “물질(실체)적 사물 이름”으로 이끌
어 주는 표시가 된다.

이름과 명사

문장 안에서 "관념적 사물 이름"은,
그 이름을 통해 그 사물의 있는 그대로의 상태와 존재성이 구체적으로 이해될 수 있더라도, 다만 생각 속에 존재하게 되는 사물 이름으로서 **추상명사**가 된다.

문장 안에서 관사 a가 앞에서 표시해 주고 있는 "개념적 사물 이름"은,
그 이름을 통해 그 사물에 대해 누구나 알 수 있도록 일정한 형체로 존재하게 되는 사물 이름으로서 **보통명사(a 추상명사)**가 된다.

문장 안에서 관사 the가 앞에서 표시해 주고 있는 "물질(실체)적 사물 이름"은,
"그 이름"을 가진 "그 사물"에 대하여 주관적 물리적 경험(개인적 사용)이 결합할 때 "실체"로 존재하게 되는 사물 이름으로서 **물질명사(the 추상명사)**가 된다.

"사물 이름"과 "고유명사"

한 물건에 고유한 이름을 붙여주면서 그 존재를 구별하며 알 수 있게 해주는 "한 사물의 고유한 이름"도 "사물 이름"의 한 부분에 속하게 된다.

문장 안에서 "한 사물(물건)의 고유한 이름"의 존재적 의미는 "나와 너에게 같은 한 사물(물건)에 대한 고유한 이름"으로서, "나"와 "너"가 "같은 사물로 같이 인식하고 부르는 이름"이면서 동시에 그 존재성으로 문장 안에서 동작의 주체가 될 수 있고, 그 문장의 주어도 될 수 있다.

"한 사물(물건)의 고유한 이름"은, 그 고유성(유일성)으로 인해, 문장 안에서 이름 그대로 고유명사가 된다.

> ### "사물 이름"과 고유명사
> 한 사람의 존재를 구별해서 부르기 위해 고유한 이름을 붙여주었듯, 사물 이름을 가지며 한 형체를 가진 한 사물(물건)에 그 존재를 구별해서 부르고자 할 때도 고유한 이름을 붙여주게 된다.
> 그 고유한 이름은, 사람의 경우와 마찬가지로, 유일성의 단어가 되고, 그 이름의 단어가 문장 안에서 한 역할을 하게 될 때, 역시, 고유명사가 되는 것이다.

고유명사와 관사

"사람 이름"의 고유명사와 관사
"사람 이름"은 "사람의 형체를 지닌 한 존재"를 "실체"로서 불러주기 위해 붙여진 이름이 되므로, 그 이름에는 이미 "개념(형체)"과 "물질(실체)"의 의미가 들어 있기 마련이다.

더욱이 "사람 이름"은 "나"가 될 수 있는 특별한 이름으로서, "나"는 모든 사물을 실체로써 사용할 수 있는 주관자가 되므로, "사람 이름"에는 누군가에 의해 물질(실체)의 의미를 갖게 되는 관사 the를 쓰지 않는다.

즉, "사람 이름"의 고유명사에는 개념을 위한 관사 a, 혹은 물질(실체)을 위한 관사 the를 쓰지 않는 것이다.

"사물 이름"의 고유명사와 관사
〈관사 a〉
"한 사물(물건)의 고유한 이름"은 그 이름을 토대로 형체를 지닌 한 사물 중에서 "특별한 하나"만을 위해 고유하게 붙여진 이름으로서, "그 이름"에 이미 개념(형체)이 들어 있게 되므로, "사물 이름"의 고유명사에는 개념을 위한 관사 a를 쓰지 않게 된다.

〈관사 the〉
"사물"이 "사람"에 의해 다루어질 때 "물질(실체)"이 되었듯이, "한 사물(물건)의 고유한 이름"도 "나"가 그 사물과 직접 관계하고 물리적 경험을 갖게 될 때는, 또한, "실체"가 될 수 있으므로,
"사물 이름"의 고유명사에는 실체를 위해서라면 물질을 위한 관사 the를 그 앞에 쓸 수 있게 된다.

"사물 이름"과 대명사 "it"

문장 안에서 "나 I"와 "너 you"가 같이 알게 된 "한 사물에 대한 관념적, 개념적, 물질적 이름"이 동작의 주체이자 그 문장의 주어로서 먼저 제시된 후, "그 이름"은 이제 "나"와 "너"에게 같은 "한 사물"로 같이 인식되면서 "그때의 그것 it"가 될 수 있다.

"한 사물의 관념적, 개념적, 물질적 이름"에 대해서, 다음 문장에서 "나"와 "너"에게 같은 "한 사물"로 같이 인식된 "그때의 그것 it"는 그 존재성으로 다시 동작의 주체가 될 수 있고, 그 문장의 주어도 될 수 있으며, 그대로 대명사가 된다.

문장 안에서 "한 사물의 이름"은, "나 I"와 "너 you"에게 먼저 제시된 한 사물의 이름이 같은 "한 사물"로 같이 인식될 때마다 모두 "그것 it"가 될 수 있어서, 결코 유일한 존재가 되지 않는다.

또, 문장 안에서 한 종류의 사물 이름으로서의 "한 사물(물건)의 고유한 이름"은 "유일한 존재의 고유한 이름"이 될지라도, "나 I"와 "너 you"에게 먼저 제시된 한 사물(물건)의 고유한 이름이 같은 "한 사물"로 같이 인식될 때마다 모두 "그것 it"가 될 수 있어서, 결코 유일한 존재가 되지는 않는다.

5. "나 I", "너 you", "그 he, she, it", "이 사람, 이것 this", "저 사람, 저것 that", "사람 이름", "사물 이름"의 실체로서의 존재

즉, "나 I"와 "너 you"가 문장으로 주고받으며 "말하는 나 I"와 "나의 말을 듣는 너 you"로서 존재하게 될 때,

"그 he, she, it"는 "나 I"와 "너 you"가 같이 인식하면서 "실체"로서,

"이 사람, 이것this"와 "저 사람, 저것that"은 "나 I"가 지정하여 "너 you"에게 보여주면서 "실체"로서,

"사람"은, "나 I"가 "그 이름"을 부르고 "그 이름을 가진 사람"이 대답하면서 "실체"로서,

"사물"은, "나 I"가 "그 이름을 가진 사물"과 관계(사용, 경험, 언급 등)하면서 실체로서 존재할 수 있는 것이다.

제3강 단수 주체의 인칭과 주어

제3강 단수 주체의 인칭과 주어

1. "나 I"

"나 "는 나의 생각을 "너"에게 "말"할 때 드러나는 존재이다

말은 "말하는 나"로부터 시작되므로, 문장 안에서 주체 "나 I"는 첫 번째이자 바로 1인칭이 되고, 그 문장에서 주어로 쓸 때는 그대로 1인칭 주어가 된다.

1-1. "너 you"

"너"는 "나의 말"을 들을 때 드러나는 존재이다.

말은 "나"로부터 시작되어 "나의 말을 듣는 너"에게 도달하게 되므로, 문장 안에서 주체 "너 you"는 두 번째이자 바로 2인칭이 되고, 그 문장에서 주어로 쓸 때는 그대로 2인칭 주어가 된다.

1-2. "나 I"와 "너 you"

"나 I"는 말하고 "너 you"는 "나의 말"을 듣는 존재이지만, "나"가 "나의 생각"을 말할 때 "너"가 "나의 말"을 듣게 된다면,
그때 "너 you"는 그대로 "나 I"가 되어 "말"을 할 수 있게 되고, "나 I"는 오히려 "너 you"가 되어 듣게 된다.

문장 안에서 주체 "나 I"와 "너 you"는 같은 시야 안에서 서로 마주 보며 말하고 들을 때 존재할 수 있는 관계로서 1인칭과 2인칭은 함께 하나(1인칭(나) → 2인칭(너), 2인칭 → 1인칭)로 같이 있게 된다.

2. "그 he", "그녀 she", "그것 it"

"그 he", "그녀 she", "그것 it"는 "나 I"와 "너 you"에게 같은 존재로 같이 인식될 때 드러나는 존재이다.

문장 안에서 "나 I"와 "너 you"에게 먼저 제시되어 같은 존재로 같이 인식된, 그러나 지금 마주 보고 있는 "나 I"와 "너 you"의 시야에서 벗어나 있는 주체 "그 he", "그녀 she", "그것 it"는 "나"와 "너" 다음의 세 번째로서 3인칭이 되며, 그 문장에서 주어로 쓸 때는 그대로 3인칭 주어가 된다.

"그 he와 그녀 she"는 지금 마주 보고 있는 "나 I"와 "너 you"의 시야에서 벗어나 있는 사람으로서, 우선 그 존재의 특성을 구별할 수 있도록 성 구별의 단어를 따로 쓰게 된다.
(사물은 성 구별이 없으므로, 그저 it로 쓴다.)

3. "이 사람, 이것 this"와 "저 사람, 저것 that"

"이 사람, 이것 this"와 "저 사람, 저것 that"은 "나 I"가 지정하고 "너 you"에게 보여줄 때 "나 I"와 "너 you"에게 같이 드러나는 존재이다.

문장 안에서 지금 "나 I"가 "너 you"에게 눈으로 보여주고 손으로 가리키면서 먼저 제시되고 동시에 같은 존재로 같이 인식된, 하지만 마주 보고 있는 "나 I"와 "너 you"의 시야에서 가까이 있는 주체 "this"와 "나 I"와 "너 you"에게 멀리 있는 주체 "that"은 "나 I"와 "너 you" 다음의 세 번째로서 3인칭이 되며, 그 문장의 주어로 쓸 때는 그대로 3인칭 주어가 된다.

4. "사람 이름"과 "사물 이름"

"사람 이름"은 "나 I"가 "그 이름"을 불러줄 때 드러나는 존재가 되고, "사물 이름"은 "나 I"가 "그 이름"의 사물을 사용하면서 관계할 때 드러나는 존재가 된다.

문장 안에서 "나 I"와 "너 you"가 같은 존재로 같이 인식하고 있는, 그러나 지금 마주 보고 있는 "나 I"와 "너 you"의 시야 밖에 있는 주체인 "사람 이름"과 "사물 이름"은 "나 I"와 "너 you" 다음의 세 번째로서 3인칭이 되며, 그 문장에서 주어로 쓸 때는 그대로 3인칭 주어가 된다.

5. 모든 단수 주체의 단어 "나 I", "너 you", "그 he, she, it", "이 사람, 이것 this", "저 사람, 저것 that", "사람 이름", "사물 이름"

문장 안에서는, 처음에 서로 마주 보며 말하고 듣는 "나 I"와 "너 you"가 드러나게 되고, "나 I(말하는 나)"와 "너 you(나의 말을 듣는 너)"를 제외하고 같은 존재로 같이 인식된 "그 he(그 남자), she(그녀), it(그것)", "이 사람, 이것 this", "저 사람, 저것 that", "사람 이름", "사물 이름"도 함께 드러나게 되면서,

"나", "너", "그", "이 사람, 이것", "저 사람, 저것", "사람 이름", "사물 이름" 모두 같이 그곳에 존재할 수 있게 된다.

문장이 "말"이 될 때는, "말하는 나"와 "나의 말을 듣는 너", 그리고 "나와 너에게 같은 존재로 같이 인식된 그, 이 사람, 이것, 저 사람, 저 것, 사람 이름, 사물 이름"도 그 "말"에 같이 들어 있게 되면서,

결국, 문장 안에는 "나"와 "너"가 1인칭과 2인칭으로서 함께 "하나"로 같이 있게 되고, "나"와 "너"를 제외한 "그(그, 그녀, 그것)", "이 사람, 이것", "저 사람, 저것", "사람 이름", "사물 이름"도 3인칭으로서 모두 그곳에 같이 있게 되는 것이다.

제4강 한 공간에서 단수 주체와 1, 2, 3인칭 주어의 실례

제4강 한 공간에서 단수 주체와
1, 2, 3인칭 주어의 실례

1. "나", "너"와 1, 2인칭 주어

지금 John이 Jenny와 서로 마주 보며 말을 주고받게 된다면,
John과 Jenny는 이제 같은 시야 안에서 같은 존재로 같이 인식된
"나"와 "너"가 되어 서로의 문장 안에서 "그때의 나 I"와 "그때의 너
you"로 동작의 주체가 될 수 있고, 그 문장의 1인칭과 2인칭 주어도
될 수 있다.

또, Eddy와 Amy가 서로 마주 보며 말을 주고받게 된다면,
Eddy와 Amy는 이제 같은 시야 안에서 같은 존재로 같이 인식된
"나"와 "너"가 되어 서로의 문장 안에서 동작의 주체가 될 수 있고,
그 문장의 1인칭과 2인칭 주어도 될 수 있다.

여기에 있는 누구든지 서로 마주 보며 말을 주고받게 된다면,
두 사람은 서로 같은 시야 안에서 같은 존재로 같이 인식된 "나"와
"너"가 되어 서로의 문장 안에서 "그때의 나 I"와 "그때의 너 you"로
동작의 주체가 될 수 있으며, 그 문장의 1인칭과 2인칭 주어도 될 수
있는 것이다.

2. "나", "너", "그"와 1, 2, 3인칭 주어

"나"와 "너"와 "사람 이름"

John이 Amy의 이름을 부를 때 Amy가 John을 보고 대답을 하고 서
로 마주 보며 말을 주고받게 된다면,

John과 Amy는 이제 같은 시야 안에서 같은 존재로 같이 인식된 "나"와 "너"가 되어 서로의 문장 안에서 "그때의 나 I"와 "그때의 너 you"로 동작의 주체가 될 수 있고, 그 문장의 1인칭과 2인칭 주어도 될 수 있다.

"나 John"과 "너 Amy"가 "Tom이라는 이름을 가진 인물"에 대하여 같은 존재로 같이 인식하고 있다면,
그 "Tom"은 "나"와 "너"의 시야 밖에 있는 채로 "나 John"과 "너 Amy"의 문장 안에서 동작의 주체가 될 수 있고, 그 문장의 3인칭 주어도 될 수 있다.

그리고 그 이름을 통해 같은 한 남성으로 같이 인식된 Tom을 다시 "나 John"과 "너 Amy"의 문장 안에서 동작의 주체이자 그 문장의 주어로 쓰게 된다면,

그 "Tom"은 이제 "그때의 그 he"가 되어 그 문장의 동작의 주체와 3인칭 주어가 될 수 있다.

또, "나 John"과 "너 Amy"가 "Jenny라는 이름을 가진 인물"에 대하여 같은 존재로 같이 인식하고 있다면,
그 "Jenny"는 "나"와 "너"의 시야 밖에 있는 채로 "나 John"과 "너 Amy"의 문장 안에서 동작의 주체가 될 수 있고, 그 문장의 3인칭 주어도 될 수 있다.

그리고 그 이름을 통해 같은 여성으로 같이 인식된 Jenny를 "나 John"과 "너 Amy"의 다음 문장 안에서 다시 동작의 주체이자 그 문장의 주어로 쓰게 된다면,
그 "Jenny"는 이제 "그때의 그녀 she"가 되어 그 문장의 동작의 주체와 3인칭 주어가 될 수 있다.

"나"와 "너"와 "사물 이름"

"나 John"과 "너 Amy"가 "flower(꽃)라는 이름을 가진 사물"에 대하여 같은 존재로 같이 인식하고 있다면,
그 이름 "flower(꽃)"는 "나"와 "너"의 시야 밖에 있는 채로 "나"와 "너"의 문장 안에서 동작의 주체가 될 수 있고, 그 문장의 3인칭 주어도 될 수 있다.

그리고 그 이름을 통해 같은 사물로 같이 인식된 flower(꽃)를 "나 John"과 "너 Amy"의 다음 문장 안에서 다시 동작의 주체이자 그 문장의 주어로 쓰게 된다면,

그 "flower(꽃)"는 이제 "그때의 그것 it"가 되어 그 문장의 동작의 주체와 3인칭 주어가 될 수 있다.

"나"와 "너"와 "그, 그녀"1

"나 Tom"과 "너 Jane"의 문장 안에서 Eddy가 제시되고, 그 Eddy가 "나 Tom"과 "너 Jane"에게 같은 존재로 같이 인식되었다면,

"나 Tom"과 "너 Jane"의 문장 안에서 "나"와 "너"의 시야 밖에 있는 Eddy는 이제 "그때의 그 he"가 되어 동작의 주체가 될 수 있고, 그 문장의 3인칭 주어도 될 수 있다.

"나 Tom"과 "너 Jane"의 문장 안에서 Amy가 제시되고, 그 Amy가 "나 Tom"과 "너 Jane"에게 같은 존재로 같이 인식되었다면,

"나 Tom"과 "너 Jane"의 문장 안에서 "나"와 "너"의 시야 밖에 있는 Amy는 이제 "그때의 그녀 she"가 되어 동작의 주체가 될 수 있고, 그 문장의 3인칭 주어도 될 수 있다.

"나"와 "너"와 "그것"

"나 Tom"과 "너 Jane"의 문장 안에서 table(책상)이 제시되고, 그 table(책상)이 "나 Tom"과 "너 Jane"에게 같은 존재로 같이 인식되었다면,

"나 Tom"과 "너 Jane"의 문장 안에서 "나"와 "너"의 시야 밖에 있는 table(책상)은 이제 "그때의 그것 it"가 되어 동작의 주체가 될 수 있고, 그 문장의 3인칭 주어도 될 수 있다.

"나와 너"와 "그, 그녀"2

"나 Tom"과 "너 Jane"이었던 그 Tom이 옆에 있는 Jenny와 마주 보면서 말을 주고받게 된다면, Tom과 Jenny는 이제 같은 시야 안에서 새롭게 같은 존재로 같이 인식된 "나"와 "너"가 되어 서로의 문장 안

에서 "그때의 나 I"와 "그때의 너 you"로 동작의 주체가 될 수 있고, 그 문장의 1인칭과 2인칭 주어도 될 수 있다.

반면에, 조금 전에 "나 Tom"과 "너 Jane"이었던 그 Jane은 지금 마주 보고 있는 "나 Tom"과 "너 Jenny"의 시야 밖에 있게 되었더라도 이미 같은 존재로 같이 인식되고 있는 Jane이 되어,

만약 새롭게 된 "나 Tom"과 "너 Jenny"의 문장 안에서 그 Jane이 등장하게 된다면,

Jane은 이제 "Jane 이름 자체"로, 혹은 "그때의 그녀 she"로 동작의 주체가 될 수 있고, 그 문장의 3인칭 주어도 될 수 있다.

마찬가지로, "나 Tom"과 "너 Jane"이었던 그 Jane이 옆에 있는 John 과 마주 보면서 말을 주고받게 된다면,
Jane과 John은 이제 같은 시야 안에서 새롭게 같은 존재로 같이 인식된 "나"와 "너"가 되어 서로의 문장 안에서 "그때의 나 I"와 "그때의 너 you"로 동작의 주체가 될 수 있고, 그 문장의 1인칭과 2인칭 주어도 될 수 있다.

반면에, 조금 전에 "나 Tom"과 "너 Jane"이었던 그 Tom은 지금 마주보고 있는 "나 Jane"과 "너 John"의 시야 밖에 있게 되었더라도 이미 같은 존재로 같이 인식되고 있는 "Tom"이 되어,

만약 새롭게 된 "나 Jane"과 "너 John"의 문장 안에서 그 Tom이 등장하게 된다면,
Tom은 이제 "Tom 이름 자체"로, 혹은 "그때의 그 he"로 동작의 주체가 될 수 있고, 그 문장의 3인칭 주어도 될 수 있다.

"나"와 "너"와 "이 사람, 이것 this"

"나 John"과 "너 Jenny"에게 Eddy가 다가와서 자신의 친구 John과 마주 보며 인사를 하고 서로 말을 주고받게 된다면,

John과 Eddy는 이제 같은 시야 안에서 새롭게 같은 존재로 같이 인식된 "나"와 "너"가 되어 서로의 문장 안에서 "그때의 나 I"와 "그때의 너 you"로 동작의 주체가 될 수 있고, 그 문장의 1인칭과 2인칭 주어도 될 수 있다.

"나 John"이 조금 전에 "나"와 "너"이었고 아직도 자신의 곁에 그대로 있으면서 자신의 시야에 가까이 있는 Jenny를 직접 가리켜 "너 Eddy"에게 보여주고 소개한다면, 그 Jenny는 "나 John"과 "너 Eddy"

의 시야에 함께 있게 되고,
"나 John"이 Jenny를 직접 가리켜 "너 Eddy"에게 보여주는 그 문장 안에서 Jenny는 이제 "나"가 "너"에게 보여 주면서 같은 존재로 같이 인식된 "이 사람 this"가 되어 동작의 주체가 될 수 있으며, 그 문장의 3인칭 주어도 될 수 있다.

이어서 "이 사람(Jenny) this"를 "나 John"과 "너 Eddy"의 다음 문장 안에서 다시 동작의 주체이자 그 문장의 주어로 쓰게 된다면,
"이 사람(Jenny) this"는 이제 "나"와 "너"에게 같은 존재로 같이 인식된 "그때의 그녀 she"가 되어 그 문장의 동작의 주체와 3인칭 주어가 될 수 있다.

또, "나 John"과 "너 Eddy"에게 Amy가 다가와서 자신의 친구 John
과 마주 보며 인사를 하고 서로 말을 주고받게 된다면,

John과 Amy는 이제 같은 시야 안에서 새롭게 같은 존재로 같이 인
식된 "나"와 "너"가 되어 서로의 문장 안에서 "그때의 나 I"와 "그때
의 너 you"로 동작의 주체가 될 수 있고, 그 문장의 1인칭과 2인칭 주
어도 될 수 있다.

"나 John"이 조금 전에 "나"와 "너"이었고 아직도 자신의 곁에 그대로 있으면서 자신의 시야에 가까이 있는 Eddy를 직접 가리켜 "너 Amy"에게 보여주고 소개한다면, 그 Eddy는 "나 John"과 "너 Amy"의 시야에 함께 있게 되고,

"나 John"이 Eddy를 직접 가리켜 "너 Amy"에게 보여주는 그 문장 안에서 Eddy는 이제 "나"가 "너"에게 보여 주면서 같은 존재로 같이 인식된 "이 사람 this"가 되어 동작의 주체가 될 수 있으며, 그 문장의 3인칭 주어도 될 수 있다.

이어서 "이 사람(Eddy) this"를 "나 John"과 "너 Amy"의 다음 문장 안에서 다시 동작의 주체이자 그 문장의 주어로 쓰게 된다면, "이 사람(Eddy) this"는 이제 "나"와 "너"에게 같은 존재로 같이 인식된 "그때의 그 he"가 되어 그 문장의 동작의 주체와 3인칭 주어가 될 수 있다.

만약 "너 Amy"가 "나 John"에게서 Eddy를 소개받은 후에 Amy와 Eddy가 서로 마주 보며 인사를 나누고 말을 주고받게 된다면,

Amy와 Eddy는 이제 새롭게 같은 존재로 같이 인식된 "나"와 "너"가 되어 서로의 문장 안에서 "그때의 나 I"와 "그때의 너 you"로 동작의 주체가 될 수 있고, 그 문장의 1인칭과 2인칭 주어도 될 수 있다.

그리고 "나 Amy"와 "너 Eddy"의 문장 안에서 바로 전에 Amy와 "나"와 "너"였던 John이 제시되고, "나 Amy"와 "너 Eddy"에게 같은 존재로 같이 인식되었다면,

"나 Amy"와 "너 Eddy"의 문장 안에서 "나"와 "너"의 시야 밖에 있게 된 그 John은 이제 "그때의 그 he"가 되어 동작의 주체가 될 수 있고, 그 문장의 3인칭 주어도 될 수 있다.

flower(꽃)가 놓여 있는 책상에 기댄 채로 "나 John"과 "너 Jenny"가
서로 마주 보고 대화하며 서로의 문장 안에서 동작의 주체이자 그
문장의 1인칭과 2인칭 주어로서 있는 동안에,

"말하는 나 John"이 자신의 곁에 있어서 잘 인식하고 있었고 여전히
그 자리에 놓여져 있으면서 자신의 시야에 가까이 있는 flower(꽃)
를 직접 가리켜 "너 Jenny"에게 보여주게 된다면, 그 꽃은 "나 John"
과 "너 Jenny"의 시야에 함께 있게 되고,

"나 John"이 flower(꽃)를 직접 가리켜 "너 Jenny"에게 보여주는 그 문장 안에서 flower(꽃)는 이제 "나"가 "너"에게 보여 주면서 같은 존재로 같이 인식된 "이것 this"가 되어 동작의 주체가 될 수 있으며, 그 문장의 3인칭 주어도 될 수 있다.

이어서 "이것(flower) this"를 "나 John"과 "너 Jenny"의 다음 문장 안에서 다시 동작의 주체이자 그 문장의 주어로 쓰게 된다면,
"이것(flower) this"는 이제 "나"와 "너"에게 같은 존재로 같이 인식된 "그때의 그것 it"가 되어 그 문장의 동작의 주체와 3인칭 주어가 될 수 있다.

"나"와 "너"와 "저 사람, 저것 That"

"나 Tom"과 "너 Amy"에게 Eddy가 다가와서 자신의 친구 Tom과 마주 보며 인사를 하고 서로 말을 주고받게 된다면,

Tom과 Eddy는 이제 같은 시야 안에서 새롭게 같은 존재로 같이 인식된 "나"와 "너"가 되어 서로의 문장 안에서 "그때의 나 I"와 "그때의 너 you"로 동작의 주체가 될 수 있고, 그 문장의 1인칭과 2인칭 주어도 될 수 있다.

"나 Tom"이 조금 전에는 "나"와 "너"이었지만 이젠 자신의 곁에서 떨어져 있고 시야에서 멀리 있게 된 Amy를 직접 가리켜 "너 Eddy"에게 보여주게 된다면, 그 Amy는 지금 "나 Tom"과 "너 Eddy"로부터 떨어진 거리에 있더라도 둘의 시야에 함께 있게 되고,

"나 Tom"이 Amy를 직접 가리켜 "너 Eddy"에게 보여주는 그 문장 안에서 Amy는 이제 "나"가 "너"에게 보여 주면서 같은 존재로 같이 인식된 "저 사람 that"이 되어 동작의 주체가 될 수 있으며, 그 문장의 3인칭 주어도 될 수 있다.

이어서 "저 사람(Amy) that"을 "나 Tom"과 "너 Eddy"의 다음 문장 안에서 다시 동작의 주체이자 그 문장의 주어로 쓰게 된다면, "저 사람(Amy) that"은 이제 "나"와 "너"에게 같은 존재로 같이 인식 된 "그때의 그녀 she"가 되어 그 문장의 동작의 주체와 3인칭 주어가 될 수 있다.

또, "나 Tom"과 "너 John"에게 Jenny가 다가와서 자신의 친구 John 과 마주 보며 인사를 하고 서로 말을 주고받게 된다면,

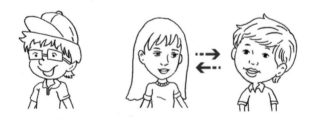

John과 Jenny는 이제 같은 시야 안에서 새롭게 같은 존재로 같이 인 식된 "나"와 "너"가 되어 서로의 문장 안에서 "그때의 나 I"와 "그때

의 너 you"로 동작의 주체가 될 수 있고, 그 문장의 1인칭과 2인칭 주어도 될 수 있다.

"나 John"이 조금 전에 "나"와 "너"이었지만 이젠 자신의 곁에서 떨어져 있고 시야에서 멀리 있게 된 Tom을 직접 가리켜 "너 Jenny"에게 보여주게 된다면,
그 Tom은 지금 "나 John"과 "너 Jenny"로 부터 떨어진 거리에 있더라도 둘의 시야에 함께 있게 되고,

"나 John"이 Tom을 직접 가리켜 "너 Jenny"에게 보여주는 그 문장 안에서 Tom은 이제 "나"가 "너"에게 보여 주면서 같은 존재로 같이 인식된 "저 사람 that"이 되어 동작의 주체가 될 수 있으며, 그 문장의 3인칭 주어도 될 수 있다.

이어서 "저 사람(Tom) that"을 "나 John"과 "너 Jenny"의 다음 문장
안에서 다시 동작의 주체이자 그 문장의 주어로 쓰게 된다면,
"저 사람(Tom) that"은 이제 "나"와 "너"에게 같은 존재로 같이 인식
된 "그때의 그, he"가 되어 그 문장의 동작의 주체와 3인칭 주어가 될
수 있다.

"나 John"과 "너 Eddy"가 서로 마주 보고 대화하며 서로의 문장 안에
서 동작의 주체이자 그 문장의 1인칭과 2인칭 주어로서 있는 동안에,

"나 John"이 평소 가까이 대화도 하면서 그 존재를 잘 인식하고 있었던 사촌 여자아이 Jane이 자신의 시야에서 멀리 떨어진 곳에 서 있는 것을 보고, Jane을 직접 가리켜 "너 Eddy"에게 보여주게 된다면, 그 Jane은 지금 "나 John"과 "너 Eddy"의 시야에 함께 있게 되고,

"나 John"이 Jane을 직접 가리켜 "너 Eddy"에게 보여주는 그 문장 안에서 Jane은 이제 "나"가 "너"에게 보여 주면서 같은 존재로 같이 인식된 "저 사람 That"이 되어 동작의 주체가 될 수 있으며, 그 문장의 3인칭 주어도 될 수 있다.

이어서 "저 사람(Jane) that"을 "나 John"과 "너 Eddy"의 다음 문장 안에서 다시 동작의 주체이자 그 문장의 주어로 쓰게 된다면, "저 사람(Jane) that"은 이제 "나"와 "너"에게 같은 존재로 같이 인식된 "그때의 그녀 she"가 되어 그 문장의 동작의 주체와 3인칭 주어가 될 수 있다.

반면에, "나 John"과 "너 Eddy"가 대화하는 중에, "나 John"이 평소 곁에서 가까이 그 존재를 잘 인식하고 지냈던 사촌 여자아이 Jane이 저기 서 있는 것을 보고 "너 Eddy"에게 양해를 구한 다음,

Jane을 향해 가면서 이름을 부르자 Jane이 그 소리를 듣고 대답하며, 이내 같이 대화가 시작된다면,

John과 Jane은 같은 시야 안에서 새롭게 같은 존재로 같이 인식된 "나"와 "너"가 되어 서로의 문장 안에서 "그때의 나 I"와 "그때의 너 you"로 동작의 주체가 될 수 있으며, 그 문장의 1인칭과 2인칭 주어도 될 수 있다.

그리고 "나 John"이 조금 전에는 "나"와 "너"이었지만 이젠 자신의 곁에서 떨어져 있고 자신의 시야에서 멀리 있게 된 Eddy를 직접 가리켜 "너 Jane"에게 보여주게 된다면, 그 Eddy는 "나 John"과 "너 Jane"으로부터 떨어진 거리에 있더라도 둘의 시야에 함께 있게 되고,

"나 John"이 Eddy를 직접 가리켜 "너 Jane"에게 보여주는 그 문장 안에서 Eddy는 이제 "나"가 "너"에게 보여 주면서 같은 존재로 같이 인식된 "저 사람 that"이 되어 동작의 주체가 될 수 있으며, 그 문장의 3인칭 주어도 될 수 있다.

이어서 "저 사람(Eddy) that"을 "나 John"과 "너 Jane"의 다음 문장 안에서 다시 동작의 주체이자 그 문장의 주어로 쓰게 된다면, "저 사람(Eddy) that"은 이제 "나"와 "너"에게 같은 존재로 같이 인식된 "그때의 그 he"가 되어 그 문장의 동작의 주체와 3인칭 주어가 될 수 있다.

또, "나 John"과 "너 Eddy"가 대화하는 중에,
"나 John"이 평소 곁에서 그 존재를 잘 인식하고 지냈던 사촌 여자아
이 Jane이 저기 서 있는 것을 보고 Jane을 향해 이름을 부르자, Jane
이 그 소리를 듣고 John에게 걸어오면서 대답을 하고, 이내 같이 대
화가 시작되면서 서로 "나"와 "너"가 됐을 때,

"나 John"이 조금 전에 자신과 "나"와 "너"이었지만 아직도 자신의 곁에 그대로 있으면서 자신의 시야에 가까이 있는 Eddy를 직접 가리켜 "너 Jane"에게 보여주게 된다면, 그 Eddy는 "나"와 "너"의 시야에 함께 있게 되고,

"나 John"이 Eddy를 직접 가리켜 너에게 보여주는 그 문장 안에서 Eddy는 이제 "나"가 "너"에게 보여 주면서 같은 존재로 같이 인식된 "이 사람 this"가 되어 동작의 주체가 될 수 있으며, 그 문장의 3인칭 주어도 될 수 있다.

이어서 "이 사람(Eddy) this"를 "나 John"과 "너 Jane"의 다음 문장 안에서 다시 동작의 주체이자 그 문장의 주어로 쓰게 된다면, "이 사람(Eddy) this"는 이제 "나"와 "너"에게 같은 존재로 같이 인식된 "그때의 그 he"가 되어 그 문장의 동작의 주체와 3인칭 주어가 될 수 있다.

창문이 있는 방안에서 자신의 책상에 기대어 있는 "나 John"과 그 책상 옆에 서 있는 "너 Jenny"가 서로 마주 보고 대화하며 서로의 문장 안에서 동작의 주체이자 1인칭과 2인칭 주어로서 있는 동안에,

"나 John"이 원래 그 방안의 그 자리에 있어서 잘 인식하고 있었지만 지금은 자신의 시야에서 멀리 떨어진 "window(창문)"를 직접 가리켜 "너 Jenny"에게 보여주게 된다면, 그 window(창문)는 "나"와 "너"의 시야에 있게 되고,

"나 John"이 window(창문)를 직접 가리켜 "너 Jenny에게 보여준 그 문장 안에서 window(창문)는 이제 "나"가 "너"에게 보여주면서 같은 존재로 같이 인식된 "저것 that"이 되어 동작의 주체가 될 수 있으며, 그 문장의 3인칭 주어도 될 수 있다.

이어서 "저것(window) that"을 "나 John"과 "너 Jenny"의 다음 문장 안에서 다시 동작의 주체이자 그 문장의 주어로 쓰게 된다면, "저것(window) that"은 이제 "나"와 "너"에게 같은 존재로 같이 인식 된 "그때의 그것 it"가 되어 그 문장의 동작의 주체와 3인칭 주어가 될 수 있다.

"나 I"와 "너 you"와 "그 he, she, it", "이 사람, 이것this", "저 사람, 저것 that", "사람 이름", "사물 이름"

한 공간에서 보았듯이,
"말하는 나 I"는 유일한 존재이더라도, 사람의 모든 존재는 누구든 문장 안에서 "나 I", "너 you", "그 he, she", "이 사람 this", "저 사람 that", "사람 이름"이 될 수 있고, 사물의 존재는 무슨 사물이든 문장 안에서 "나 I"와 "너 you"가 같이 알고 있는 "그것 it", "이것 this", "저 것 that", "사물 이름"이 될 수 있다.

또, 한 공간에서 보았듯이,

"나 I"와 "너 you"의 문장에서 누구든 "나 I", "너 you", "그 he, she", "이 사람 this", "저 사람 that", "사람 이름"으로, 무엇이든 "그것 it", "이것 this", "저것 that", "사물이름"으로 동작의 주체가 될 수 있지만, "나 I"와 "너 you"에게 바로 전에 먼저 제시되고 같은 존재로 같이 인식된 "나 I"로서, "너 you"로서, "그 he, she, it", "이 사람, 이것 this", "저 사람, 저것 that", "사람 이름", "사물 이름"으로서 동작의 주체가 될 수 있으며, 그 문장의 주어도 될 수 있는 것이다.

3. 모든 단수 주체의 단어 "나 I", "너 you", "그 he, she, it", "이 사람, 이것 this", "저 사람, 저것 that", "사람 이름", "사물 이름"과 1, 2, 3인칭

문장 안에서 "나", "너", "그"가 동작의 주체로 될 때는 인칭을 따로 쓰게 되지만, 결국, "나" 한 사람이 "나 I", "너 you", "그 he, she", "이 사람 this", "저 사람 that", "사람 이름"의 가능성을 다 가지고 있으면서 1, 2, 3인칭 모두 될 수 있게 된다.

즉, 문장 안에서 "나 I(1인칭)"는 "너 you(2인칭)"와 "그 he, she, 이 사람 this, 저 사람 that, 사람 이름(3인칭)" 모두 될 수 있고, "너 you(2인칭)" 또한 "나 I(1인칭)"와 "그 he, she, 이 사람 this, 저 사람 that, 사람 이름(3인칭)" 모두 될 수 있으며, "그 he, she, 이 사람 this, 저 사람 that, 사람 이름(3인칭)"도 마찬가지로 "나 I(1인칭)"와 "너 you(2인칭)" 모두 될 수 있는 것이다.

사물 이름은 "나"와 "너"가 될 수 없는 관계로,
"나 I"와 "너 you"의 문장에서 동작의 주체이자 그 문장의 주어로 쓸 때는 오로지 "그것 it", "사물 이름"으로서 3인칭으로만 될 수 있고,
단, "나 I"로 인한 사물의 의인화가 이루어지게 될 때는, 사물도 사람처럼 "나 I", "너 you", "그 he, she", "이 사람 this", "저 사람 that"이 될 수 있으며, "나"가 만든 문장 안에서도 1인칭, 2인칭, 3인칭으로 동작의 주체와 그 문장의 주어가 될 수 있다.

제5강 단수 주체의 1, 2, 3인칭 주어와 be동사

제5강 단수 주체의 1, 2, 3인칭 주어와 be동사

문장 안에서 그 주체의 존재에 대하여 있는 모습 그대로를 동작으로 드러낼 때의 서술적 표현은 "~는(은) ~이다"이며, 동작의 위치에서 그 역할을 하는 단어가 바로 be동사이다.

문장 안에서 주체에 대한 1인칭, 2인칭, 3인칭 주어는 각 존재마다 개별성을 가지기 때문에 그 존재를 드러내는 be동사도 각기 다른 형태로 그 뒤에 있게 된다.

1. 1인칭 주어와 be동사

> I am ~   나는 존재한다. 나는 ~(이)다.
>
> 영어 문장구조   한국어 문장구조

문장 안에서 1인칭 주어 "나(I)"의 "있는 그대로"의 존재를 드러내는 be동사는 "am"이고, 이때 "am"은 오로지 1인칭 주어 "나(I)"의 뒤에 함께 있으면서 be동사가 된다.

2. 2인칭 주어와 be동사

> You are ~   너는 존재한다. 너는 ~(이)다.

문장 안에서 2인칭 주어 "너(you)"의 "있는 그대로"의 존재를 드러내는 be동사는 "are"이고, 이때 "are"은 오로지 2인칭 주어 "너(you)"의 뒤에 함께 있으면서 be동사가 된다.

3. 3인칭 주어와 be동사

> He, She, It, This, That, 사람 이름, 사물 이름 is ~ 그,
> 그녀, 그것은 존재한다. 그, 그녀, 그것은 ~(이)다.

문장 안에서 3인칭 주어 "그(he, she, it, this, that, 사람 이름, 사물 이름)"의 "있는 그대로"의 존재를 드러내는 be동사는 "is"이고, 이때 "is"는 오로지 3인칭 주어 "그(he, she, it, this, that, 사람 이름, 사물 이름)"의 뒤에 함께 있으면서 be동사가 된다.

be동사

"나"와 "너"에게, 모든 존재는 그 존재적 의미를 통해서 존재성을 갖게 된다.

존재하는 모든 것들에 대하여, "있는 그대로"를 뜻하는 서술적 표현은 "~는(은) ~이다"가 된다. 서술적 표현 "~는(은) ~이다"는 "(있는 그대로) 존재 한다"의 해석으로도 가능하게 된다.

각 인칭에 대하여 "존재한다"의 동작을 나타내는 단어가 그 위치에서 역할을 하게 될 때 바로 be동사가 되는 것이다.

be동사의 "~는(은) ~이다"는, 각 인칭의 존재성을 개별적으로 인정하고 그들을 1, 2, 3인칭으로 구분하면서 "~는(은) 존재한다"가 되므로,

문장 안에서 be동사는 각각 다른 존재성을 가진 각 인칭에 따라 각기 다른 형태의 단어가 따르게 되고, 그 이후에는 "그 존재를 위한 그 be동사"로서 그 인칭과 함께 "하나"로 있게 된다.

제6강 복수 주체의
단어와 주어

제6강 복수 주체의 단어와 주어

1. 개체와 무리

개체와 무리

한 존재는 "한 개체"로서 의미를 지니게 되고, 그 개체는 사람이나, 혹은 사물에 대해 각각 그 개별적인 특징과 특성을 "하나"로 여기며 존재한다.

한 존재의 여러 개체들이 하나의 공통점을 가지고 모여 있게 되면 같은 부류의 "한 무리"로서 의미를 지니게 되고, 그 무리는 한데 모여 있는 여러 사람들, 혹은 여러 사물들에 대해 그 공통된 특징과 특성을 "하나"로 여기며 존재하게 된다.

곧, 개체와 무리는 "한 개체"와 "여러 무리"의 다른 수를 가지고 있더라도 모두 "하나"로서 존재하게 된다.

"나와 개체"와 "우리와 무리"

개체는 "말하는 나"로부터 시작되어 "나 I"가 "너 you(나의 말을 듣는 너)"와, "그(나와 너에게 같이 인식된 그 he, 그녀 she, 그것 it, 이것 this, 저것 that, 사람 이름, 사물 이름)"에게 또 다른 "한 개체"로서의 존재적 의미를 부여하게 되지만,

무리는 "말하는 나"가 "나의 문장" 안에서 "나와 하나의 공

통점을 가진 너"와 함께 "우리"라는 무리를 처음 만들고, 바로 그 "우리"로부터 시작되어, "나와 너(우리)"가 같이 알게 된 여러 사람들, 혹은 여러 사물들에게 하나의 공통점을 발견할 때마다 또 다른 "한 무리"를 만들어 주면서 그 존재적 의미가 부여된다.

개체와 무리의 표현

문장 안에서 한 단어에 대한 개체와 무리는 각기 다른 "수"를 가지고 있어서, 한 단어에 그 "수"의 의미 전달을 위하여 각기 다른 표현을 쓰게 된다.

한국어와 영어 모두 개체의 단어는 이름 자체로 "한 개체"의 표현이 될 수 있고,
한국어에서 무리의 단어는 일반적으로 그 이름 끝에 "들"을 쓰면서 "여러 무리"의 표현을 만들 수 있으며, 영어에서 무리의 단어는 일반적으로 그 이름 끝에 "s"를 쓰면서 "여럿"의 표현을 만들 수 있다.
student(학생), students(학생들)
pencil(연필), pencils(연필들)

"개체와 무리"와 "단수와 복수"명사

문장 안에서 "개체"는 각각 "단일적인 하나"로서, 수로 표현하면 "단수"가 되고,
"무리"는 같은 부류의 "복합적인 하나"로서, 수로 표현하면 "복수"가 된다.
문장 안에서 한 존재에 대한 한 이름의 단어는 명사가 되므

로,
이름 자체로 표현이 되는 "개체"는 "단수명사"가 되고, 이름 끝에 "들, s"를 붙여 표현이 되는 "무리"는 "복수명사"가 되면서 동시에 문장 안에서 동작의 주체가 될 수 있고 그 문장의 주어도 될 수 있는 것이다.

★★《문장 안에서 "한 인물의 고유한 이름", 혹은 "한 사물 (물건)의 고유한 이름"에 대한 고유명사는 그 존재의 유일성으로 인하여 단지 "한 개체"로서의 의미를 지니며 오로지 단수의 표현으로 쓰게 되지만, 사람이나 사물에 대하여 "일반적으로 통용되는 이름"의 일반명사는 "수"를 가지게 되면서 "한 개체"와 "여러 무리"의 의미를 모두 지니게 되어 단수와 복수의 표현이 다 가능하게 된다.》★★

2. "나와 너와 말"

"나와 너와 말"
서로 "같은 단어(언어)"를 통해 "같은 문장"의 형식으로 "같은 주제의 말"을 주고받을 때, 그 문장은 "나"와 "너"를 서로 "말하는 나"와 "나의 말을 듣는 너"가 될 수 있게 해 준다.

그때 그 문장으로 "나의 말"은 "너"에게 들어가고 "너의 말"

은 "나"에게 들어오게 되면서, "나와 너와 말"은 하나가 될 수 있게 된다.

곧, 개체로서 시작된 "나", "너", "말"이지만, "나"와 "너"가 "같은 단어(언어)"를 통해 "같은 문장"의 형식으로 "같은 주제의 말"을 주고받게 된다면, "말하는 나와 너"는 "한 무리"가 될 수 있고, "나와 너와 말"은 셋이 "하나"가 되어 "한 무리"의 실체로서 존재할 수 있는 것이다.

"나와 너와 문장" 1

"나"와 "너"가 "말"을 주고받을 때 그 "대화"안에서 "나"와 "너"의 개체를 시작으로 다른 모든 개체의 존재가 시작될 수 있듯이,

"나"와 "너"가 "같은 문장"으로 "같은 주제의 말"을 주고받게 될 때, 그 "대화" 안에서 "나와 너"의 무리를 시작으로 다른 모든 무리의 존재도 시작될 수 있다.

곧, "나와 너"가 같은 문장의 형식으로 모든 개체와 무리에게 동작을 입히고 하나의 이야기를 이루게 되면서, 그 문장은 그대로 "나와 너"가 같이 호흡하는 "말"이 될 수 있으며, 이로써 "나와 너와 문장"이 "하나"를 이룰 때 "나와 너와 말"은 "하나"가 될 수 있는 것이다.

"나와 너와 문장" 2

문장은 이제부터 "나(너)의 문장"이 되면서, "나(너)"는 그

"문장" 안에서 "나"와 "너"를 포함한, 존재성이 들어 있는 어떤 단어라도 다 동작의 주체로 만들 수 있게 되고, 그 주체에게 다양한 동작을 입혀 주면서 모든 "말 (이야기)"을 주관할 수 있게 된다.

곧, "나(너)의 문장"으로 인하여, "나의 말"은 "너"에게 들어가고 "너의 말"은 "나"에게 들어오게 되면서, 그렇게 "나(너)의 문장"과 하나가 된 "나와 너"는, 그 문장이 주도하는 대로, "한 주체와 그 주체의 동작"의 이야기를 만들고 "말"을 하게 되는 것이다.

3. "우리"의 무리

"우리"

"우리"는, "나"가 "나의 생각"을 이야기하고 "너"가 "나의 이야기"를 들으면서, 서로 한마음과 한뜻을 가지고 "같은 주제의 말"을 주고받게 될 때, "나(너)"가 "너(나)"를 보면서 "나"와 같은 "하나"로 묶어놓은 "한 무리, 우리"이다.
"한 무리, 우리"는 스스로 존재하지 않고 "나"가 "나와 너"를 같은 "하나"로 묶어서 불러 줄 때 실체로 존재할 수 있게 된다.

"우리"는, "나"와 "너"가 같은 주제의 말을 주고받으면서 서로 같은 존재들로 같이 인식하며 알게 될 때, "나"는 곧바로 "나의 문장" 안에서 "너"를 "나"와 "하나"로 묶어 부를 수 있도록 "우리"라는 무리로 만들어 줄 수 있는 것이다.

"우리"는 같은 주제의 말을 주고받는 "나와 너"의 무리로서,
이 무리 안에는 "말"이 존재하고, "말하는 나"와 "나의 말을 듣는 너"가 존재할 수 있고, 서로 뜻이 맞고 함께 같은 주제를 나누게 되는 "나와 너의 우리"도 그 안에서 존재할 수 있지만,

"나"가 나와 같은 주제를 가지고 있는 "너"를 보면서 "우리"로 만든 다음에는, 오직 "나"가 "하나"로 묶어놓은 "한 무리, 우리" 외에는 어떤 실체적 존재도 드러나지 않게 된다.

특히, "나"가 "너"와 함께 "우리"라는 무리를 만든 다음에는 "나"의 존재는 따로 드러나지 않게 된다.

"나의 문장" 안에서 "한 무리, 우리"의 존재적 의미는 "나가 나와 같은 주제를 가지고 있는 '너'를 보면서 '나'와 '하나'로 묶고 '너'와 같이 부르기 위해 만든 무리"로서, "말하는 나"와 "나의 이야기를 듣는 너"가 같은 무리로 같이 인식하고 있는 "우리"이면서 동시에 문장 안에서 동작의 주체가 될 수 있고 그 문장의 주어도 될 수 있는 것이다.

"우리"와 대명사 "we"

곧, "나의 문장" 안에서 "우리"는, "나"가 나와 같은 주제를 가지고 있는 "너"를 "나"와 같은 "하나, 한 무리"로 만들어 주면서 불러 줄 때 그 존재가 제시되고, 그 "하나"는 "나"와 "너"에게 같은 "우리"로 같이 인식된 "그때의 그 무리, 우리"가 된다.

이러한 존재성으로, 문장 안에서 "우리"는 "그때의 우리"로서 동작의 주체가 될 수 있고, 그 문장의 주어도 될 수 있으며, 그대로 대명사가 되는 것이다.

영어 단어로는 "we"이고, "나의 문장" 안에서 "우리 we"는, "나"가 "나와 같은 주제를 가지고 있는 너"를 자신과 같은 "한 무리"로 만들어 주면서 불러줄 때 "나"와 "너"에게 한 존재가 먼저 제시되고 같은 "우리"로 같이 인식될 때마다 "나와 너의 무리, 우리 we"가 될 수 있어서, 결코 유일한 존재가 되지 않는다.

4. "너희"의 무리

"너희"

"너희"는, "나"가 "나의 생각"을 이야기하고 둘 이상의 여럿이 각자 "나"를 바라보면서 "나의 이야기"를 듣게 될 때, "나"가 그 여럿에게 서 "나의 이야기를 듣고 있다"는 한 공통점을 발견한 후, 각자의 "너"

와 여럿의 "너"를 동시에 보면서 부르기 위해 "하나"로 묶어놓은 "한 무리, 너희"이다.

그 "한 무리, 너희"는 스스로 존재하지 않고 "말하는 나"가 나의 이야기를 듣고 있는 여럿을 "하나"로 묶어 바로 앞에서 불러 줄 때 실체로 존재할 수 있게 된다.

"너희"는, "나"가 "나의 생각"을 이야기하고 각자의 "너"와 여럿의 "너"가 "나의 이야기"를 들으면서, 서로 같은 존재들로 같이 인식하며 알게 될 때, "나"는 곧바로 "나의 문장" 안에서 그 여럿을 "하나"로 묶어 부를 수 있도록 "너희"라는 무리로 만들어 줄 수 있는 것이다.

"너희"는 앞에 있는 "나"를 바라보면서 나의 이야기를 듣는 무리로서,
이 무리 안에는 "말"이 존재하고, 그 개개인들 사이에서도 "말하는 나"와 "나의 말을 듣는 너"와 "나"와 "너"가 같이 알고 부를 수 있는 "그, 그녀"가 존재할 수 있고, 서로 뜻이 맞고 함께 같은 주제를 나누게 되는 "나와 너의 우리"도 그 안에서 존재할 수 있지만,

"말하고 있는 나"가 나의 이야기를 듣고 있는 여럿을 보면서 "너희"로 만든 다음에는, 오직 "나"가 "하나"로 묶어놓은 "한 무리, 너희" 외에는 어떤 실체적 존재도 드러나지 않게 된다.

특히, "너희"는 각자, 지금 "말하는 나"에 대한 "나의 이야기를 듣는 너"가 포함된 채로 "너희"가 되므로, 개체와 무리로서 "너"와 "너희"는 같은 동질성을 지니게 된다.

"나의 문장" 안에서 "한 무리, 너희"의 존재적 의미는 "나가 나의 생각을 이야기할 때 듣고 있는 여럿을 '하나'로 묶고 앞에서 불러 주기

위해 만든 무리"로서, "말하는 나"와 "나의 이야기를 듣는 너"가 "같은 무리로 같이 인식하고 있는 너희"이면서 동시에 문장 안에서 동작의 주체가 될 수 있고 그 문장의 주어도 될 수 있는 것이다.

"너희"와 대명사 "you"

곧, "나의 문장" 안에서 "너희"는, "나"가 나의 생각을 이야기할 때 듣고 있는 여럿을 "하나, 한 무리"로 만들어 주면서 불러 줄 때 그 존재가 제시되고, 그 "하나, 한 무리"는 "나"와 "너"에게 같은 "너희"로 같이 인식된 "그때의 그 무리, 너희"가 된다.

이러한 존재성으로, 문장 안에서 "너희"는 "그때의 너희"로서 동작의 주체가 될 수 있고, 그 문장의 주어도 될 수 있으며, 그대로 대명사가 되는 것이다.

영어 단어로는 "you"이고, "나의 문장" 안에서 "너희 you"는, "말하는 나"가 "나의 생각을 이야기할 때 듣고 있는 여럿"을 "한 무리"로 만들어 주면서 불러 줄 때 "나"와 "너"에게 한 존재가 먼저 제시되고 같은 "너희"로 같이 인식될 때마다 모두 "너희 you"가 될 수 있어서, 결코 유일한 존재가 되지 않는다.

그리고 "나의 문장" 안에서 "너"와 "너희"는, 결과적으로, "나가 말을 할 때 나의 말(나의 생각)을 듣는 존재"로서 개체와 무리에 대한 구별을 따로 두지 않고 같은 단어 "you"를 쓰게 된다.

1. 우리(들) we

"나 I"와 "너 you"

"너 you"가 "나의 이야기"를 경청하고 받아들이면서 "너 you"가 "나 I"와 함께 서로 한마음과 한뜻을 가지고 같은 주제의 말을 주고받게 될 때, "나"와 "너"는 서로를 알 수 있게 되고, "나"는 스스로 "너"와 함께 "우리 we"라는 "한 무리"를 만들 수 있게 된다.

"나 I"와 "너희(들) you"

"나의 이야기를 듣고 있는 너희"는 여럿이 모인 "무리"이고 "나 I"는 한 사람으로서 "개체"이더라도, "너희" 모두가 "나의 이야기"를 경청하고 받아들이면서 "너희"가 "나"와 함께 한마음과 한뜻을 가지고 같은 주제의 말을 주고받게 될 때, "나"와 "너희"는 서로를 알 수 있게 되고, "나"는 스스로 "너희"와 함께 "우리 we"라는 "한 무리"를 만들 수 있게 된다.

이 무리 안에서는 개별적으로 각자(너)가 "나"를 바라보면서 "우리"라는 관계를 갖게 되고, "나"는 자신이 만든 무리 "너희"와 같이 다시 "우리"라는 "한 무리"를 만들 수 있게 된다.

곧, 개체 "나"와 무리 "너희" 사이에서도 각자 "나와 너"의 관계가 가능하게 되면서, 개체 "나"는 무리 "너희"와 함께 "우리"를 만들 수 있게 되는 것이다.

"우리(들) we"와 "너 you"

"너 you"는 한 사람으로서 개체이고 "너에게 이야기를 하는 우리 we"는 여럿이 모인 "무리"이더라도, "너"가 "한목소리를 가진 우리의 이야기"를 경청하고 받아들이면서 "너"가 "우리"와 함께 한마음과 한뜻을 가지고 같은 주제의 말을 주고받게 될 때, "우리"와 "너"는 서로를 알 수 있게 되고, "우리"는 "너"와 함께 또다시 "우리 we"라는 "한 무리"를 만들 수 있게 된다.

"우리(들) we"와 "너희(들) you"

"너희 you"와 "너희에게 이야기를 하는 우리 we"는 다 여럿이 모인 "무리"이더라도, "너희" 모두가 "한목소리를 가진 우리의 이야기"를 경청하고 받아들이면서 "너희"가 "우리"와 함께 한마음과 한뜻을 가지고 같은 주제의 말을 주고받게 될 때, "우리"와 "너희"는 서로를 알 수 있게 되고, "우리"는

"너희"와 함께 "우리 we"라는 "한 무리"를 만들 수 있게 된다.

이 무리 안에서는 개별적으로 각자(너)가 "우리"를 바라보면서 같이 "우리"라는 관계를 갖게 되고, "우리"는 우리가 만든 무리 "너희"와 같이 또다시 "우리"라는 "한 무리"를 만들 수 있게 된다.

곧, 무리 "우리"와 무리 "너희" 사이에서도 각자 "우리와 너"로서 "나와 너"의 관계가 가능하게 되면서, 무리 "우리"는 무리 "너희"와 함께 또다시 "우리"를 만들 수 있게 되는 것이다.

★★《"너, 혹은 너희"가 지금의 "나의 이야기, 혹은 우리의 이야기"를 경청하더라도 받아들이지 않거나 같은 주제를 갖는 어떤 시도 없이 그대로 있게 된다면, "너희"는 "나, 혹은 우리"와 함께 같은 "우리"가 되지 못하고 그저 "너, 너희(들)"로서 있게 된다.》★★

2. "너희(들) you"

"나, 혹은 우리"가 만든 무리 "너희" 모두가 "나의 이야기, 혹은 우리의 이야기"를 듣고 있을지라도, 그 이야기가 온전히 들어오지 못하게 된다면, "너희" 모두는 "나, 혹은 우리"와 함께 한마음과 한뜻을 갖지 못하고 같은 주제의 말을 할 수 없게 되면서, "나, 혹은 우리"는 그 "너희" 모두와 "나와 너"로서 교감을 할 수 없게 되고 "우리"의 무리도 만들 수 없게 된다.

그리고 "나, 혹은 우리"가 새로운 "너, 혹은 너희"와 새롭게 또다시 "한 무리, 우리"가 되어, 지금 "우리의 대화" 중에 그때의 "너희" 모두가 "나의 말"을 통해서 등장하게 된다면, 그 당시의 "우리"에게는 "너희"였지만, 이제는 새롭게 된 "우리"에게 서로 같이 알게 된 둘 이상의 여러 남녀가 한 공통점으로 모여 있는 "그들"이라는 무리가 될 수 있다.

"나, 혹은 우리"가 만든 무리 "너희"중에 몇몇이 "나의 이야기, 혹은 우리의 이야기"를 듣고 있을지라도, 그 이야기가 온전히 들어오지 못하게 된다면, "너희"중 그 몇몇은 "나, 혹은 우리"와 함께 한마음과 한뜻을 갖지 못하고 같은 주제의 말을 할 수 없게 되면서, "나, 혹은 우리"는 "너희"중 그 몇몇과 "나와 너"로서 교감할 수 없게 되고 "우리"의 무리도 만들 수 없게 된다.

하지만 "나, 혹은 우리"가 그 몇몇을 제외한 나머지와는 또다시 "한 무리, 우리"를 만들 수 있게 되고, 지금 "우리의 대화” 중에 그 당시의 “우리”와 같은 “우리”가 될 수 없었던 그 때의 “너희” 몇몇이 “나의 말”을 통해서 등장하게 된다면, 그 당시의 “우리”에게는 “너희” 몇몇이었지만, 이제는 새롭게 된 “우리”에게 서로 같이 알고 있는 둘 이상의 여러 남녀가 한 공통점으로 모여 있는 “그들”이라는 무리가 될 수 있다.

★★《“너희”의 무리에서 “그들”의 무리가 되는 한 공통점은, 지금 “나, 혹은 나와 너”와 같은 “한 무리, 우리”가 될 수 없다 는 공통점을 의미한다.》★★

“너희 you”와 “우리 we”

문장 안에서 “너희 you”가 동작의 주체이자 그 문장의 주어로서 먼 저 제시된 다음, “너희 you” 모두, 혹은 몇몇이 “나, 혹은 우리의 말” 에 한마음과 한뜻이 되어 같은 주제의 말을 하게 되면, “너희 you” 모두, 혹은 몇몇은 이제 “나, 혹은 우리”에게 “우리”와 같은 “하나, 한 무리”로서 같이 인식된 “그때의 그 무리, 우리 we”가 될 수 있다.

지금 “우리”가 “너희 you” 모두, 혹은 몇몇과 함께 같은 “한 무리”로 서 같이 인식된 “우리 we”는, 그 존재성으로 다음 문장에서 다시 “그 때의 우리 we”로서 동작의 주체가 될 수 있고, 그 문장의 주어도 될 수 있으며, 그대로 대명사가 된다.

이렇듯, 문장 안에서 “너희 you”의 무리가 “우리 we”의 무리로 될 수 있는 경우는, “you”가 먼저 제시되고 다음 문장에서 “나, 혹은 우리” 와 함께 같은 부류의 “한 무리”로 될 때, 바로 “we”가 되는 것이다.

5. "그들(그것들)"의 무리

"그들(그것들)" 1

"그들(그것들)"은, "우리의 대화" 안에 등장하는 둘 이상의 여러 남녀, 여러 사물에서 한 공통점을 발견한 후, "나"가 "너"와 같이 부르기 위해 "하나"로 묶어놓은 "한 무리, 그들(그것들)"이다.
"한 무리, 그들(그것들)"은 스스로 존재하지 않고 "나"가 지금 "우리"가 된 "너"에게 그 여러 남녀, 여러 사물을 "하나"로 묶어 불러 줄 때 실체로 존재할 수 있게 된다.

"그들(그것들)"은, "우리의 대화" 안에 등장한 여러 남녀, 여러 사물을 서로 같은 남녀들, 사물들로 같이 인식하며 알게 될 때,
"나"는 곧바로 "나의 문장" 안에서 그 여러 남녀, 여러 사물을 "하나"로 묶어 "너"와 같이 부를 수 있도록 "그들(그것들)"이라는 무리로 만들어 줄 수 있는 것이다.

"나"가 문장 안에서 만든 "그들(그것들)"은, "우리"와 실제로 마주 보며 대화하는 등의 관계성이 배제되어 있고, 단지 "우리의 대화"에 등장하면서 서로 같이 알게 된 여러 남녀, 여러 사물의 무리로서,

이 무리 안에는 실제로 "말"이 존재하지 않으면서, 마주 보며 "말"을 주고받을 수 있는 "나"와 "너"가 존재하지 않고, "나"와 "너"가 같이 알고 부를 수 있는 "그, 그녀, 그것"도 존재하지 않으며, 그 안에서는 서로 뜻이 맞고 함께 같은 주제를 나누게 되는 "나와 너의 우리" 역시 존재하지 않는다.

다만 "나"가 "우리의 대화"에서 같이 알게 된 여러 남녀, 여러 사물을

"그들(그것들)"이라는 무리로 만들어 서로 같이 부른 다음에는, 오직 "나"가 "하나"로 묶어놓은 "한 무리, 그들(그것들)"만이 실체적 존재로서 드러나게 된다.

특히, "그들(그것들)"은, "나"가 "우리의 대화"에서 서로 같이 알게 된 여러 남녀, 여러 사물을 "너"와 같이 부르기 위해 일방적으로 만든 무리로서, 오로지 "우리"에서만 바라볼 수 있고, 알 수 있고, 부를 수 있는 대상이 되면서,

곧, "그들(그것들)" 안에는 "말하는 나", "나의 말을 듣는 너", "나와 너의 우리"가 존재하지 않는 고로, 지금 "말하고 있는 우리(나와 너)"와 마주 보며 한마음과 한뜻으로 "같은 주제의 말"을 주고받게 되는 "우리"의 무리를 만들 수 없게 된다.

"그들(그것들)" 2

"나"가 한때 "같은 주제의 말"을 주고받으며 "우리"로서 같이 있었던 "그때 그 무리"에 대해서, "나"와 새롭게 "우리"가 된 "너"에게 "나의 문장"으로 알려주게 되면, 그 무리는 이제 "나의 문장"을 통해 "우리가 같이 알게 된 여러 남녀"가 되면서 "우리의 대화" 안에서 한 공통점을 가진 채로 다시 무리가 될 수 있고, "나"는 "나의 문장" 안에서 그 무리를 "그들(그것들)"로 만들어 줄 수 있다.

마찬가지로, "우리(나와 너)"가 한때 "같은 주제의 말"을 주고받으며 "우리"로서 같이 있었던 "그때 그 무리"에 대해서도, "우리(나와 너)"가 새롭게 서로에게 "나(너)의 문장"으로 알려주게 되면, 그 무리는 이제 "서로의 문장"을 통해 "우리가 같이 알고 있는 여러 남녀"가 되면서 "우리의 대화" 안에서 한 공통점을 가진 채로 다시 무리가

될 수 있고, "나(너)"는 "나(너)의 문장" 안에서 그 무리를 "그들(그것들)"로 만들어 줄 수 있다.

한때 "우리"였지만, 지금은, "나, 혹은 나와 너"의 문장 안에 머물게 된 그 무리는 이제 "그들(그것들)"이 될 수 있는 것이다.

"그들(그것들)"3

그리고 "나의 문장" 안에서, "나"가 "그들(그것들)"이라는 무리를 만들게 될 때는 다만 "우리의 대화"에 들어 있는 추상적인 존재로서, 지금 "우리(나와 너)"와 함께 "우리"가 될 수 없는 관계성이 적용되면서, 비록 "그들(그것들)" 안에는 여러 남성, 여성과 여러 사물이 정확히 따로 존재하고 있을지라도, 사람과 사물을 구분하지 않고 동일하게 "그들(그것들)"의 무리로 만들어 주게 된다.

"그들(그것들)"이 가지고 있는 공통점

"그들(그것들)"는 "우리의 대화" 안에 등장해서 같이 알게 된 여러 남녀와 여러 사물의 무리이면서, 지금 "우리(나와 너)"와 마주 보며 대화하는 등의 관계성을 지니고 있지 않은 무리이다.

즉, "그들"이 가지고 있는 한 공통점은, "나, 혹은 우리(나와 너)"가 알고 있었던 무리였더라도, 지금 "나, 혹은 우리(나와 너)"와 마주 보며 한마음과 한뜻으로 같은 주제의 말을 하는 "우리"가 되지 못하는 무리라는 것이다.

<사람들과 사물들의 "그들(그것들)">
"우리"가 되지 못하는 이 공통점으로, 사람과 사물에 대하여 동일하게 "그들"로 부를 수 있게 되며,

"그들"이 사람일 경우에는, 지금 "우리(나와 너)"와 마주 보고 대화하는 등의 관계성에서 벗어나 있으므로, "여러 남녀"에 대한 "그들"이 되고,
"그들"이 사물일 경우에는, 지금 "우리(나와 너)"와 마주보고 대화하는 등의 관계성에서 벗어나 있으면서 관념적, 개념적, 물질적, 세 가지 사물의 이름이 포함되어있는 "여러 사물"에 대한 "그것들"이 된다.

"나의 문장" 안에서 "한 무리, 그들(그것들)"의 존재적 의미는, "나가 우리의 대화에 등장해서 서로 같이 알게 되고 한 공통점도 발견하게 된 여러 남녀, 여러 사물을 각각 '하나'로 묶어 '너'와 같이 부르기 위해 만든 무리"로서, "나"와 "너"가 같은 무리로 같이 인식하고 있는 "그들"이 되면서 동시에 문장 안에서 동작의 주체가 될 수 있고 그 문장의 주어도 될 수 있는 것이다.

"그들(그것들)"과 대명사 "they"

곧, "나의 문장" 안에서 "그들(그것들)"의 무리는, "나"가 "우리(나와 너)의 대화"에 등장해서 서로 같이 알게 된 여러 남녀, 여러 사물을 "너"와 같이 부르기 위해 "하나, 한 무리"로 만들어 줄 때 그 존재가 제시되고, 그 "하나, 한 무리"는 "나"와 "너"에게 "그들(그것들)"로 같이 인식된 "그때의 그 무리, 그들(그것들)"이 된다.

이러한 존재성으로, 문장 안에서 "그들(그것들)"의 무리는 "그때의 그들(그것들)"로서 동작의 주체가 될 수 있고, 그 문장의 주어도 될 수 있으며, 그대로 대명사가 되는 것이다.

영어 단어로는 "they"이고, "나의 문장" 안에서 "그들(그것들) they"의 무리는, "나"가 "우리의 대화에 등장해서 서로 같이 알게 된 여러 남녀, 여러 사물"을 각각 "한 무리"로 만들어 주며 불러 줄 때 "나"와 "너"에게 한 존재가 먼저 제시되고 같은 "그들(그것들)"로 같이 인식될 때마다 모두 "they"가 될 수 있어서, 결코 유일한 존재가 되지 않는다.

6. "이들, 이것들"과 "저들, 저것들"의 무리

(1) "이들"과 "이것들"의 무리

"이들" 1

"이들"은, "나"가 나의 곁에 여전히 가까이 한데 모여 있고 한 공통점까지 잘 알고 있는 둘 이상의 여러 사람을 지정하여, 지금 "우리"가 된 "너"에게 보여주려고 "하나"로 묶어놓은 "한 무리, 이들"이다.
"한 무리, 이들"은 스스로 존재하지 않고 "나"가 지금 "우리"가 된 "너"에게 그 여러 사람을 "하나"로 묶어 보여주거나 소개할 때 실체로 존재할 수 있게 된다.

"이들"은, "나"가 지금 "우리"가 된 "너"에게 직접 가리켜 보여주거나 소개하고, 서로 같은 존재들로 같이 인식하며 알게 될 때, "나"는 곧바로 "나의 문장" 안에서 그 여러 사람을 "하나"로 묶어 "너"와 같이 볼 수 있도록 "이들"이라는 무리로 만들어 줄 수 있는 것이다.

그리고 개체 "이 사람, 이것"처럼, 무리 "이들, 이것들"도 "나"가 "너"에게 가까이에서 가리켜 보여주는 순간 "우리(나와 너)"로 하여금 동시에 사람과 사물을 구분할 수 있게 해준다.

"나"가 가까이 지정해서 만든 "이들"은, "나"의 곁에 여전히 가까이 있어 잘 알고 있는 가운데, 아직도 "나"와 마주 보며 같은 주제의 말을 주고받는 등의 관계성을 지니는 여러 사람의 무리로서,

이 무리 안에는 "말"이 존재하면서, 개개인들 사이에서 "말하는 나", "나의 말을 듣는 너", "나"와 "너"가 같이 알고 부를 수 있는 "그, 그

녀"가 존재할 수 있고, 서로 뜻이 맞고 함께 같은 주제를 나누게 되는 "나와 너의 우리"와, 그 "우리"가 같이 알고 있는 "그들"도 그 안에서 존재할 수 있게 되지만,

"나"가 나의 곁에 가까이 모여 있는 여러 사람을 "이들"이라는 무리로 만들어 지금 "우리"가 된 "너"에게 직접 가리켜 보여주고 소개한 다음에는, 오직 "나"가 "하나"로 묶어놓은 "한 무리, 이들" 외에는 어떤 실체적 존재도 드러나지 않게 된다.

특히, "이들"은, "나"가 나의 곁에 가까이 모여 있는 여러 사람을 "너"에게 보여주기 위해 일방적으로 만든 무리로서, 오로지 "우리"에서만 바라볼 수 있고, 알 수 있고, 부를 수 있는 대상이 되지만,

"우리"가 같은 주제의 이야기를 주고받을 때 "이들" 모두가 귀 기울여 듣고 "우리의 말"에 한마음과 한뜻을 갖게 된다면, "우리"는 "이들" 모두와 마주 보면서 같은 주제의 말을 할 수 있게 되고, 곧바로 "나"는 "나의 문장" 안에서 "이들" 모두를 "우리"와 같은 "한 무리, 우리"로 만들어 줄 수 있다.

또, "우리"가 같은 주제의 이야기를 주고받을 때 "이들"의 다만 몇몇이라도 귀 기울여 듣고 "우리의 말"에 한마음과 한뜻을 갖게 된다면, "우리"는 "이들" 몇몇과 마주 보면서 같은 주제의 말을 할 수 있게 되고, 곧바로 "나"는 "나의 문장" 안에서 "이들" 몇몇도 "우리"와 같은 "한 무리, 우리"로 만들어 줄 수 있다.

"이들" 2

"나"가 "나의 말을 듣고 있는 여러 사람들"과 함께 같은 주제의 말을 주고받으면서 아직도 "우리"로서 같이 있으며, 여전히 나의 곁에 가까이 있는 그 무리를 그 무리 밖에서 새롭게 "우리"가 된 "너"에게 직접 가리켜 보여주거나 소개할 때, "나"는 "나의 문장" 안에서 그 무리를 지정하여 다시 "우리"가 같이 알 수 있는 "이들"의 무리로 만들어 줄 수 있다.

마찬가지로, "우리(나와 너)"가 "우리의 말을 듣고 있는 여러 사람들"과 함께 "같은 주제의 말"을 주고받으면서 아직도 "우리"로서 같이 있으며, 여전히 "우리(나와 너)"의 곁에 가까이 있는 그 무리를 그 무리 밖에서 새롭게 서로에게 직접 가리켜 보여주거나 소개할 때도, "나(너)"는 나(너)의 문장" 안에서 그 무리를 지정하여 다시 "우리"가 같이 알 수 있는 "이들"의 무리로 만들어 줄 수 있다.

"이들" 모두, 혹은 몇몇이 "우리의 말"에 귀 기울여 듣고 "우리"와 한마음과 한뜻이 되어 "같은 주제의 말"을 주고받게 된다면, "나"는 "나의 문장" 안에서 "이들" 모두, 혹은 몇몇을 "우리"와 같은 "한 무리, 우리"로 만들어 줄 수 있게 되는 것이다.

"이들" 3

반면에, "이들"이 "우리"와 마주 보며 대화하는 등의 관계성을 위한 어떤 시도 없이 그대로 있게 된다면 그저 "이들"로서 있게 된다.

"이들"이 가지고 있는 공통점

"이들"은 "나, 혹은 우리(나와 너)"의 곁에 여전히 가까이 한데 모여 있는 무리이면서, 아직도 "나, 혹은 우리(나와 너)"와 마주 보며 대화하는 등의 관계성을 지니고 있는 무리이다.

즉, "이들"이 가지고 있는 한 공통점은, "나, 혹은 우리(나와 너)"에게 "너희"의 무리였고,
"나, 혹은 우리(나와 너)"와 마주 보며 한마음과 한뜻으로 같은 주제의 말을 주고받으면서 "나, 혹은 우리(나와 너)"에 의해 다시 같은 "한 무리, 우리"가 된 무리라는 것이다.

<"나"가 지정한 "이들">
"나"의 곁에 가까이 있는 이 무리를, 그 무리 밖에서 "나"가 새롭게 "우리"가 된 "너"에게 직접 가리켜 보여주거나 소개할 때, 바로, "이들"로 부를 수 있게 되고,
마찬가지로, "우리(나와 너)"의 곁에 가까이 있는 이 무리를, 그 무리 밖에서 "우리(나와 너)"가 새롭게 서로에게 직접 가리켜 보여주거나 소개할 때도, 바로, "이들"로 부를 수 있게 된다.

그리고 "이들"이 "우리"와 마주 보며 같은 주제의 말을 주고받게 된다면, "나"로 인해 "우리"와 함께 다시 같은 "한 무리, 우리"가 될 수 있는 것이다.

"이것들"

"이것들"은, "나"가 나의 곁에 여전히 가까이 한데 모여 있고 한 공통점까지 잘 알고 있는 둘 이상의 여러 사물을 지정하여, 지금 "우리"가 된 "너"에게 보여주려고 "하나"로 묶어놓은 "한 무리, 이것들"이다.
"한 무리, 이것들"은 스스로 존재하지 않고 "나"가 지금 "우리"가 된 "너"에게 그 여러 사물을 "하나"로 묶어 보여주거나 소개할 때 실체로 존재할 수 있게 된다.

"이것들"은, "나"가 지금 "우리"가 된 "너"에게 직접 가리켜 보여주거나 소개할 때 서로 같은 존재들로 같이 인식하며 알 수 있게 되고, "나"는 곧바로 "나의 문장" 안에서 그 여러 사물을 "하나"로 묶어 "너"와 같이 볼 수 있도록 "이것들"이라는 무리로 만들어 줄 수 있는 것이다.

그리고 개체 "이 사람, 이것"처럼, 무리 "이들, 이것들"도 "나"가 "너"에게 가까이 가리켜서 보여주는 순간 "우리(나와 너)"로 하여금 동시에 사람과 사물을 구분할 수 있게 해준다.

"나"가 가까이 지정해서 만든 "이것들"은 "나"의 곁에 여전히 가까이 있어 잘 알고 있는 가운데, 아직도 "나"와 관계가 있는 여러 사물의 무리로서,

이 무리 안에는, 여러 사물이 존재하더라도, 실제로 그것을 사용하거나 마주 보며 "말"을 주고받을 수 있는 사람이 존재하지 않으므로, "나", "너", "그"가 존재하지 않고,
그 안에서는 서로 뜻이 맞고 함께 같은 주제를 나누게 되는 "나와 너

의 우리"와, 그 "우리"가 같이 알고 있는 "그들(그것들)"도 존재하지 않는다.

다만, "나"가 나의 곁에 가까이 모여 있는 여러 사물을 "이것들"이라는 무리로 만들어 지금 "우리"가 된 "너"에게 직접 가리켜 보여준 다음에는, 오직 "나"가 "하나"로 묶어놓은 "한 무리, 이것들"만이 실체적 존재로서 드러나게 된다.

특히, "이것들"은, "나"가 나의 곁에 가까이 모여 있는 여러 사물을 "너"에게 보여주기 위해 일방적으로 만든 무리로서,
오로지 "우리"에서만 바라볼 수 있고, 알 수 있고, 부를 수 있는 대상이 되면서,

사물의 특성상, "이것들" 안에는 "말하는 나", "나의 말을 듣는 너", "나와 너의 우리"가 존재하지 않는 고로, 지금 "말하고 있는 우리(나와 너)"와 마주 보며 한마음과 한뜻으로 같은 주제의 말을 주고받게 되는 "우리"의 무리를 만들 수 없게 된다.

그리고 "이것들"은 "우리"와 마주 보며 서로 주고받는 대상이 될 수 없어서, 그저 "이것들"로서 있게 된다.

> **"이것들"이 가지고 있는 공통점**
>
> "이것들"은 "나"의 곁에 여전히 가까이 한데 모여 있는 여러 사물의 무리이면서, 아직도 "나"가 사용하고 있는 여러 사물의 무리이다.

즉, "이것들"이 가지고 있는 한 공통점은, "나"와 "우리"가 될 수 없는 "사물들"로 만들어진 무리이면서, 아직도 "나"가 가까이에서 그 용도로 직접 사용하고 있고 실체로서 존재하는 "사물들"의 무리라는 것이다.

"나의 문장" 안에서 "한 무리, 이들, 이것들"의 존재적 의미는, "나가 나의 곁에 여전히 가까이 있고 한 공통점까지 잘 알고 있는 여러 사람, 여러 사물을 각각 '하나'로 묶어 '너'에게 보여주기 위해 만든 무리"로서, "나"만 알고 있는 여러 사람, 여러 사물이 이제는 "나"와 "너"가 같은 무리로 같이 인식하고 있는 "이들, 이것들"이 되면서 동시에 문장 안에서 동작의 주체가 될 수 있고 그 문장의 주어도 될 수 있는 것이다.

"이들, 이것들"과 대명사 "these"

곧, "나의 문장" 안에서 "이들, 이것들"의 무리는, "나"가 나의 곁에 여전히 가까이 있으면서 잘 알고 있는 여러 사람, 여러 사물을 지금 "우리"가 된 "너"에게 직접 가리켜 보여주거나 소개하기 위해 "하나, 한 무리"로 만들어 줄 때 그 존재가 제시되고,
그 "하나, 한 무리"는, "나"와 "너"가 같이 보는 동시에 사람과 사물의 구분이 가능하게 되면서 "나"와 "너"에게 "이들, 이것들"로 같이 인식된 "그때의 그 무리, 이들, 이것들"이 된다.

이러한 존재성으로, 문장 안에서 "이들, 이것들"의 무리는 "그때의

이들, 그때의 이것들"로써 동작의 주체가 될 수 있고, 그 문장의 주어
도 될 수 있으며, 그대로 대명사가 되는 것이다.

영어 단어로는 "these"이고, "나의 문장" 안에서 "이들, 이것들
these"의 무리는, "나"가 "나의 곁에 여전히 가까이 있어 잘 알고 있
는 여러 사람, 여러 사물"을 각각 지정하여 만든 "한 무리"를 지금
"우리"가 된 "너"에게 보여줄 때 "나"와 "너"에게 한 존재가 먼저 제
시되고 같은 "이들, 이것들"로 같이 인식될 때마다 모두 "이들, 이것
들 these"가 될 수 있어서, 결코 유일한 존재가 되지 않는다.

"이들 these"와 "우리 we"

문장 안에서 "나"가 지정하여 만든 "이들 these"가 동작의 주체이자 그 문장의 주어로서 먼저 제시되고, "이들 these" 모두, 혹은 몇몇이 지금 "우리의 말"에 한마음과 한뜻이 되어 같은 주제의 말을 하게 되면, "이들 these" 모두, 혹은 몇몇은 이제 "우리"에게 "우리"와 같은 "하나, 한 무리"로서 같이 인식된 "그때의 그 무리, 우리 we"가 된다.

지금 "우리"가 "이들 these" 모두, 혹은 몇몇과 함께 같은 "한 무리"로서 같이 인식된 "우리 we"는, 그 존재성으로 다음 문장에서 다시 "그때의 우리 we"로서 동작의 주체가 될 수 있고, 그 문장의 주어도 될 수 있으며, 그대로 대명사가 된다.

이렇듯, 문장 안에서 "나"가 지정하여 만든 "이들 these"의 무리가 "우리 we"의 무리로 될 수 있는 경우는, "these"가 먼저 제시되고 다음 문장에서 "우리"와 함께 같은 부류의 "한 무리"로 될 때, 바로 "we"가 되는 것이다.

"이들, 이것들 these"와 "그들 they"

문장 안에서 "나"가 지정하여 만든 "이들, 이것들 these"가 동작의 주체이자 그 문장의 주어로서 먼저 제시되고, "이들, 이것들 these"가 "우리(나와 너)"와 함께 같은 "우리"로 될 수 없고 그저 "이들, 이것들 these"로서 있게 되면, "이들, 이것들 these"는 이제 "우리"에게 같은 여러 남녀, 여러 사물의 "한 무리"로 같이 인식된 "그때의 그 무리, 그들 they"가 된다.

"이들, 이것들 these"로서 "우리"에게 같은 부류의 무리로 같이 인식된 "그들 they"는, 그 존재성으로 다음 문장에서 다시 "그때의 그들 they"로서 동작의 주체가 될 수 있고, 그 문장의 주어도 될 수 있으며, 그대로 대명사가 된다.

이렇듯, 문장 안에서 "나"가 지정하여 만든 "이들 these"의 무리가 "우리 we"의 무리로 될 수 없는 경우는, "these"가 먼저 제시되고 다음 문장에서 "우리"가 같이 알게 된 같은 부류의 "한 무리"로 되면서, 사람과 사물의 구분 없이, 바로 "they"가 되는 것이다.

문장 안에서 "나"가 지정하여 만든 "이것들 these"의 무리가 먼저 제
시되고 곧바로 다음 문장에서 "우리"가 같이 알게 된 같은 부류의
"한 무리"로 될 때도, 사람과 사물의 구분 없이 "they"가 되는 것이다.

(2) "저들"과 "저것들"의 무리

"저들" 1

"저들"은, "나"가 나의 곁에서 이젠 멀리 떨어져 한데 모여 있게 되었지만, 이전에 이미 한 공통점까지 잘 알고 있었던 둘 이상의 여러 사람을 지정하여, 지금 "우리"가 된 "너"에게 보여주려고 "하나"로 묶어놓은 "한 무리, 저들"이다.
"한 무리, 저들"은 스스로 존재하지 않고 "나"가 지금 "우리"가 된 "너"에게 그 여러 사람을 "하나"로 묶어 보여주거나 소개할 때 실체로서 존재할 수 있게 된다.

"저들"은, "나"가 지금 "우리"가 된 "너"에게 직접 가리켜 보여주거나 소개할 때 서로 같은 존재들로 같이 인식하며 알 수 있게 되고, "나"는 곧바로 "나의 문장" 안에서 그 여러 사람을 "하나"로 묶어 "너"와 같이 볼 수 있도록 "저들"이라는 무리로 만들어 줄 수 있는 것이다.

그리고 개체 "저 사람, 저것"처럼, 무리 "저들, 저것들"도 "나"가 "너"에게 멀리서 가리켜 보여주는 순간 "우리(나와 너)"로 하여금 동시에 사람과 사물을 구분할 수 있게 해준다.

"나"가 멀리 지정해서 만든 "저들"은, "나"의 곁에서 이젠 멀리 떨어져 있게 되었지만, "나"의 곁에 가까이 있었을 때 이미 잘 알고 있었고, 이전에 "나"와 마주 보며 "같은 주제의 말"을 주고받는 등의 관계성을 지녔던 여러 사람의 무리로서,

이 무리 안에는 "말"이 존재하면서, 개개인들 사이에서 "말하는 나", "나의 말을 듣는 너", "나"와 "너"가 같이 알고 부를 수 있는 "그, 그

녀"가 존재할 수 있고, 서로 뜻이 맞고 함께 같은 주제를 나누게 되는 "나와 너의 우리"와, 그 "우리"가 같이 알고 있는 "그들"도 그 안에서 존재할 수 있게 되지만,

"나"가 나의 곁에서 멀리 떨어져 모여 있는 여러 사람을 "저들"이라는 무리로 만들어 지금 "우리"가 된 "너"에게 직접 가리켜 보여주고 소개한 다음에는, 오직 "나"가 "하나"로 묶어놓은 "한 무리, 저들" 외에는 어떤 실체적 존재도 드러나지 않게 된다.

특히, "저들"은, "나"가 나의 곁에서 멀리 떨어져 모여 있는 여러 사람을 "너"에게 보여주기 위해 일방적으로 만든 무리로서, 오로지 "우리"에서만 바라볼 수 있고, 알 수 있고, 부를 수 있는 대상이 되지만,

"우리"가 같은 주제의 이야기를 주고받을 때, 비록 물리적(시간, 거리) 어려움이 따르게 되더라도, "저들" 모두가 귀 기울여 듣고 "우리의 말"에 한마음과 한뜻을 갖게 된다면, "우리"는 "저들" 모두와 마주 보면서 같은 주제의 말을 할 수 있게 되고, 곧바로 "나"는 "나의 문장" 안에서 "저들" 모두를 "우리"와 같은 "한 무리, 우리"로 만들어 줄 수 있다.

또, "우리"가 같은 주제의 이야기를 주고받을 때 "저들"의 다만 몇몇이라도 귀 기울여 듣고 "우리의 말"에 한마음과 한뜻을 갖게 된다면, "우리"는 "저들" 몇몇과 마주 보면서 같은 주제의 말을 할 수 있게 되고, 곧바로 "나"는 "나의 문장" 안에서 "저들" 몇몇도 "우리"와 같은 "한 무리, 우리"로 만들어 줄 수 있다.

그러나 "우리"와 "저들" 사이에는 항상 물리적 (시간, 거리) 어려움이 따르게 되면서, 지금 "우리"와 마주 보며 같은 주제의 말을 하게

되는 "한 무리, 우리"로 될 가능성보다는 그저 "저들"로서 있게 될 가능성이 더 높게 된다.

"저들" 2

이전에 "나"가 가까이에서 "나의 말을 듣고 있었던 여러 사람들"과 함께 같은 주제의 말을 주고받으면서 "우리"로서 같이 있었지만, 이젠 "나"의 곁에서 멀찍이 떨어져 있게 된 그 무리를 그 무리 밖에서 새롭게 "우리"가 된 "너"에게 직접 가리켜 보여주거나 소개할 때, "나"는 "나의 문장" 안에서 그 무리를 지정하여 다시 "우리"가 같이 알 수 있는 "저들"의 무리로 만들어 줄 수 있다.

마찬가지로, 이전에 "우리(나와 너)"가 가까이에서 "우리의 말을 듣고 있었던 여러 사람들"과 함께 같은 주제의 말을 주고받으면서 "우리"로서 같이 있었지만, 이젠 "우리(나와 너)"의 곁에서 멀찍이 떨어져 있게 된 그 무리를 그 무리 밖에서 새롭게 서로에게 직접 가리켜 보여주거나 소개할 때도, "나(너)"는 "나(너)의 문장" 안에서 그 무리를 지정하여 다시 "우리"가 같이 알 수 있는 "저들"의 무리로 만들어 줄 수 있다.

만약 "저들" 모두, 혹은 몇몇이 "우리의 말"에 귀 기울여 듣고 "우리"와 한마음과 한뜻이 되어 같은 주제의 말을 주고받을 수 있게 된다면, "나"는 "나의 문장" 안에서 "저들" 모두, 혹은 몇몇을 "우리"와 같은 "한 무리, 우리"로 만들어 줄 수 있다.

하지만 "우리"와 "저들" 사이에는 항상 물리적 어려움이 따르게 마련이다.

"저들" 3

반면에, "저들"이 "우리"와 마주 보며 대화하는 등의 관계성을 위한 어떤 시도 없이 그대로 있게 된다면 그저 "저들"로서 있게 된다.

"저들"이 가지고 있는 공통점

"저들"은 "나, 혹은 우리(나와 너)"의 곁에서 이젠 멀리 떨어져 한데 모여 있게 된 무리이지만, 이전에 "나, 혹은 우리(나와 너)"와 마주 보며 대화하는 등의 관계성을 지녔던 무리이기도 하다.

즉, "저들"이 가지고 있는 한 공통점은, 그 당시 "나, 혹은 우리(나와 너)"에게 "너희"라는 무리였고, "나 ,혹은 우리(나와 너)"와 마주 보며 한마음 한뜻으로 같은 주제의 말을 주고받으면서 "나, 혹은 우리(나와 너)"에 의해 다시 같은 "한 무리, 우리"가 되었던 무리라는 것이다.
지금은 다만 "나"와 멀리 떨어져 있을 뿐이다.

<"나"가 지정한 "저들">
"나"의 곁에서 멀리 떨어져 있게 된 이 무리를, 그 무리 밖에서 "나"가 새롭게 "우리"가 된 "너"에게 직접 가리켜 보여주거나 소개할 때, 바로, "저들"로 부를 수 있게 되고,
마찬가지로, "우리(나와 너)"의 곁에서 멀리 떨어져 있는 이 무리를, 그 무리 밖에서 "나와 너"가 새롭게 서로에게 직접 가리켜 보여주거나 소개할 때도, 바로, "저들"로 부를 수 있게 된다.

그리고 "저들"이, 비록 물리적 어려움이 따르더라도, "우리"
와 마주 보며 같은 주제의 말을 하게 된다면, "나"로 인해
"우리"와 함께 다시 같은 "한 무리, 우리"가 될 수 있는 것이
다.

"저것들"

"저것들"은, "나"가 나의 곁에서 이젠 멀리 떨어져 한데 모여 있지만,
이전에 이미 한 공통점까지 잘 알고 있었던 둘 이상의 여러 사물을
지정하여, 지금 "우리"가 된 "너"에게 보여주려고 "하나"로 묶어놓은
"한 무리, 저것들"이다.

"한 무리, 저것들"은 스스로 존재하지 않고 "나"가 지금 "우리"가 된
"너"에게 그 여러 사물을 "하나"로 묶어 보여주거나 소개할 때 실체
로 존재할 수 있게 된다.

"저것들"은, "나"가 지금 "우리"가 된 "너"에게 직접 가리켜 보여주
거나 소개할 때 서로 같은 존재들로 같이 인식하며 알 수 있게 되
고, "나"는 곧바로 "나의 문장" 안에서 그 여러 사물을 "하나"로 묶어
"너"와 같이 볼 수 있도록 "저것들"이라는 무리로 만들어 줄 수 있는
것이다.

그리고 개체 "저 사람, 저것"처럼, 무리 "저들, 저것들"도 "나"가 "너"
에게 멀리서 가리켜 보여주는 순간 "우리(나와 너)"로 하여금 동시
에 사람과 사물을 구분할 수 있게 해준다.

"나"가 멀리 지정해서 만든 "저것들"은, "나"의 곁에서 이젠 멀리 떨어져 있게 되었지만 "나"의 곁에 가까이 있었을 때 이미 잘 알고 있었고, 이전에 "나"와 관계가 있던 여러 사물의 무리로서,

이 무리 안에는, 여러 사물이 존재하더라도, 실제로 그것을 사용하거나 마주 보며 "말"을 주고받을 수 있는 사람이 존재하지 않으므로, "나", "너", "그"가 존재하지 않고,
그 안에서는 서로 뜻이 맞고 함께 같은 주제를 나누게 되는 "나와 너의 우리"와, 그 "우리"가 같이 알고 있는 "그들"도 존재하지 않는다.

다만, "나"가 나의 곁에서 멀리 떨어져 모여 있는 여러 사물을 "저것들"이라는 무리로 만들어 지금 "우리"가 된 "너"에게 직접 가리켜 보여준 다음에는, 오직 "나"가 "하나"로 묶어놓은 "한 무리, 저것들"만이 실체적 존재로서 드러나게 된다.

특히, "저것들"은, "나"가 나의 곁에서 멀리 떨어져 모여 있는 여러 사물을 "너"에게 보여주기 위해 일방적으로 만든 무리로서,
오로지 "우리"에서만 바라볼 수 있고, 알 수 있고, 부를 수 있는 대상이 되면서,

사물의 특성상, "저것들" 안에는 "말하는 나", "나의 말을 듣는 너", "나와 너의 우리"가 존재하지 않는 고로, 지금 "말하고 있는 우리(나와 너)"와 마주 보며 한마음과 한뜻으로 같은 주제의 말을 주고받게 되는 "우리"의 무리를 만들 수 없게 된다.

그리고 "저것들"은 "우리"와 마주 보며 서로 주고받는 대상이 될 수 없어서, 그저 "저것들"로서 있게 된다.

"저것들"이 가지고 있는 공통점

"저것들"은 "나"의 곁에서 이젠 멀리 떨어져 한데 모여 있는 여러 사물의 무리이면서, 이전에 "나"가 사용하였던 여러 사물의 무리이기도 하다.

즉, "저것들"이 가지고 있는 한 공통점은, "나"와 "우리"가 될 수 없는 "사물들"로 만들어진 무리이면서, 이전에 "나"가 가까이에서 그 용도로 직접 사용했고 실체로서 존재했던 "사물들"의 무리라는 것이다. 지금은 다만 "나"와 멀리 떨어져 있을 뿐이다.

"나의 문장" 안에서 "한 무리, 저들, 저것들"의 존재적 의미는, "나가 나의 곁에서 멀리 떨어져 있기 이전에 가까이에서 이미 한 공통점까지 잘 알고 있었던 여러 사람, 여러 사물을 각각 '하나'로 묶어 '너'에게 보여주기 위해 만든 무리"로서, "나"만 알고 있던 여러 사람, 여러 사물이 이제는 "나"와 "너"가 같은 무리로 같이 인식하고 있는 "저들, 저것들"이 되면서 동시에 문장 안에서 동작의 주체가 될 수 있고 그 문장의 주어도 될 수 있는 것이다.

"저들, 저것들"과 대명사 "those"

곧, "나의 문장" 안에서 "저들, 저것들"의 무리는, "나"가 나의 곁에서 멀리 떨어져 있기 이전에 가까이에서 이미 잘 알고 있었던 여러 사람, 여러 사물을 지금 "우리"가 된 "너"에게 직접 가리켜 보여주거나 소개하기 위해 "하나, 한 무리"로 만들어 줄 때 그 존재가 제시되고, 그 "하나, 한 무리"는, "나"와 "너"가 같이 보는 동시에 사람과 사물의 구분이 가능하게 되면서 "나"와 "너"에게 "저들, 저것들"로 같이 인식된 "그때의 그 무리, 저들, 저것들"이 된다.

이러한 존재성으로, 문장 안에서 "저들, 저것들"의 무리는 "그때의 저들, 그때의 저것들"로서 동작의 주체가 될 수 있고, 그 문장의 주어도 될 수 있으며, 그대로 대명사가 되는 것이다.

영어 단어로는 "those"이고, "나의 문장" 안에서 "저들, 저것들 those"의 무리는, "나"가 "나의 곁에서 멀리 떨어져 있기 이전에 가까이에서 이미 잘 알고 있었던 여러 사람, 여러 사물"을 각각 지정하여 만든 "한 무리"를 지금 "우리"가 된 "너"에게 보여줄 때 "나"와 "너"에게 한 존재가 먼저 제시되고 같은 "저들, 저것들"로 같이 인식될 때마다 모두 "저들, 저것들 those"가 될 수 있어서 결코 유일한 존재가 되지 않는다.

"저들 those"와 "우리 we"

문장 안에서 "나"가 지정하여 만든 "저들 those"가 동작의 주체이자
그 문장의 주어로서 먼저 제시되고, "저들 those" 모두, 혹은 몇몇이
지금 "우리의 말"에 한마음과 한뜻이 되어 같은 주제의 말을 하게 되
면, "저들 those" 모두, 혹은 몇몇은 이제 "우리"에게 "우리"와 같은
"하나, 한 무리"로서 같이 인식된 "그때의 그 무리, 우리 we"가 된다.

지금 "우리"가 "저들 those" 모두, 혹은 몇몇과 함께 같은 "한 무리"
로서 같이 인식된 "우리 we"는, 그 존재성으로 다음 문장에서 다시
"그때의 우리 we"로서 동작의 주체가 될 수 있고, 그 문장의 주어도
될 수 있으며, 그대로 대명사가 된다.

이렇듯, 문장 안에서 "나"가 지정하여 만든 "저들 those"의 무리가
"우리 we"의 무리로 될 수 있는 경우는, "those"가 먼저 제시되고 다
음 문장에서 "우리"와 함께 같은 부류의 "한 무리"로 될 때, 바로 "우
리 we"가 되는 것이다.

그러나 "우리"와 "저들" 사이에는 극복해야 할 물리적(거리, 시간)어
려움이 필히 따르게 된다.

"저들, 저것들 those"와 "그들 they"

문장 안에서 "나"가 지정하여 만든 "저들, 저것들 those"가 동작의 주체이자 그 문장의 주어로서 먼저 제시되고, "저들, 저것들 those"가 "나와 너"와 함께 같은 "우리"로 될 수 없고 그저 "저들, 저것들 those"로서 있게 되면, "저들, 저것들 those"는 이제 "우리"에게 같은 "여러 남녀, 여러 사물"의 "한 무리"로 같이 인식된 "그때의 그 무리, 그들 they"가 된다.

"저들, 저것들 those"로서 "우리"에게 같은 부류의 무리로 같이 인식된 "그들 they"는, 그 존재성으로 다음 문장에서 다시 "그때의 그들 they"로서 동작의 주체가 될 수 있고, 그 문장의 주어도 될 수 있으며, 그대로 대명사가 된다.

이렇듯, 문장 안에서 "나"가 지정하여 만든 "저들 those"의 무리가 "우리 we"의 무리로 될 수 없는 경우는, "those"가 먼저 제시되고 다음 문장에서 "우리"가 같이 알게 된 같은 부류의 "한 무리"로 되면서, 사람과 사물의 구분 없이, 바로 "they"가 되는 것이다.

문장 안에서 "나"가 지정하여 만든 "저것들 those"의 무리가 먼저 제
시되고 곧바로 다음 문장에서 "우리"가 같이 알게 된 같은 부류의
"한 무리"로 될 때도, 사람과 사물의 구분 없이 "they"가 되는 것이다.

7. "사람 이름들"과 "사물 이름들"의 무리

(1) "사람 이름들"의 무리

"사람 이름"은 "한 인물"에게 붙여주는 "한 이름"으로서 "한 개체"
의 의미를 지니게 되며, 그 "하나"의 "개체"는 스스로 존재하지 않고
"나"가 그 이름을 불러주고 "그 이름"을 가진 "그 인물"이 대답할 때
실체로서 존재할 수 있게 된다.

"단 하나"의 "개체"로서의 "사람 이름"이지만, "우리(나와 너)의 대
화" 안에서 둘 이상 여러 이름의 인물이 등장하게 되고 그 인물들에
게서 한 공통점을 발견하게 된다면, 그때는 "나"가 그 여러 인물을
"하나"로 묶을 수 있으며, 충분히 "한 무리"로 만들어 줄 수 있게 된
다.

또, "나"와 가까이에 모여 있거나, 혹은 멀리 떨어진 거리에 모여 있

으면서 한 공통점을 가지고 있는 둘 이상 여러 이름의 인물을 "나"가 "너"에게 가리켜 보여줄 때도, "나"는 그 여러 이름의 인물을 "하나"로 묶을 수 있으며, 역시 "한 무리"로 만들어 줄 수 있게 된다.

이렇듯, "사람 이름"의 "한 개체"도 여럿이 모여 있게 되면 무리가 될 수 있으며, 이 "한 무리"는 스스로 존재하지 않고 "나"가 지금 "우리"가 된 "너"에게 그 여러 이름의 인물을 "하나"로 묶어서 불러 줄 때 실체로 존재할 수 있게 된다.

1) "사람 이름들"과 "그들"의 무리

"사람 이름들"과 "그들"1

"우리의 대화" 안에 등장하는 둘 이상의 여러 이름의 남녀에게서 한 공통점을 발견한 후, "우리(나와 너)가 같은 존재들로 같이 인식하며 알게 될 때, "나"는 곧바로 "나의 문장" 안에서 그 이름의 사물들을 "하나"로 묶어 "너"와 같이 부를 수 있도록 "한 무리"로 만들 수 있게 되며, 그 무리는 "그것들"이 된다.

"여러 이름의 남녀"로 만들어진 "그들"은 "우리"와 실제로 마주 보며 대화하는 등의 관계성이 배제되어 있고, 단지 "우리의 대화"에 등장하면서 서로 같이 알게 된 여러 이름의 남녀에 대한 무리로서,

이 무리 안에는 각자 "이름들"이 존재하더라도 실제적으로 각자의 이름을 불러주고 대답할 수 있는 "사람들"과 "말"이 존재하지 않으면서, 마주보며 "말"을 주고받을 수 있는 "나"와 "너"가 존재하지 않고, "나"와 "너"가 같이 알고 부를 수 있는 "그, 그녀"도 존재하지 않으며, 그 안에서는 서로 뜻이 맞고 함께 같은 주제를 나누게 되는

"나와 너의 우리"와 "우리"가 같이 알고 있는 "그들"도 존재하지 않는다.

다만 "나"가 "우리의 대화"에서 서로 같이 알게 된 여러 이름의 남녀로 "그들"의 무리를 만들어 서로 같이 부른 다음에는, 오직 "나"가 "하나"로 묶어놓은 "한 무리, 그들"만이 실체적 존재로서 드러나게 된다.

특히, "여러 이름의 남녀"로 만들어진 "그들"은, "나"가 "우리의 대화"에서 서로 같이 알게 된 여러 이름의 남녀들을 "너"와 같이 부르기 위해 일방적으로 만든 무리로서, 오로지 "우리"에서만 바라볼 수 있고 알 수 있고, 부를 수 있는 대상이 되면서,

곧, "여러 이름의 남녀"로 만들어진 "그들" 안에는 "말하는 나", "나의 말을 듣는 너", "나와 너의 우리"가 존재하지 않는 고로, 지금 "말하고 있는 우리(나와 너)"와 마주 보며 한마음과 한뜻으로 같은 주제의 말을 주고받게 되는 "우리"의 무리를 만들 수 없게 된다.

"사람 이름들"과 "그들" 2

"나"가 한때 각자의 이름을 불러주고 대답하는 관계성과 함께 같은 주제의 말을 주고받으며 "우리"로서 같이 있었던 "그때 그 무리"에 대해서, "나"와 새롭게 "우리"가 된 "너"에게 "나의 문장"으로 알려주게 되면, 그 무리는 이제 "나의 문장"을 통해 "우리가 같이 알게 된 여러 남녀"가 되면서 "우리의 대화" 안에서 한 공통점을 가진 채로 다시 무리가 될 수 있고, "나"는 "나의 문장" 안에서 그 무리를 "그들"로 만들어 줄 수 있다.

마찬가지로, "우리(나와 너)"가 한때 각자의 이름을 불러주고 대답하는 관계성과 함께 같은 주제의 말을 주고받으며 "우리"로서 같이 있었던 "그때 그 무리"에 대해서도, "나와 너"가 새롭게 서로에게 "나(너)의 문장"으로 알려주게 되면, 그 무리는 이제 "서로의 문장"을 통해 "우리가 같이 알고 있는 여러 남녀"가 되면서 "우리의 대화" 안에서 한 공통점을 가진 채로 다시 무리가 될 수 있고, "나(너)"는 "나(너)의 문장" 안에서 그 무리를 "그들"로 만들어 줄 수 있다.

한때 "우리"였지만, 지금은, "나", 혹은 "우리(나와 너)"의 문장 안에 머물게 된 그 무리는 이제 "그들"이 될 수 있는 것이다.

"사람 이름들"과 "그들" 2-1

"나"가 "그들" 각자의 이름을 불러줄 때 "그들" 모두, 혹은 몇몇이 나의 소리에 대답하고서 이내 "우리"와 같은 주제의 말을 할 수 있게 된다면, "나"는 "그들" 모두, 혹은 몇몇을 지금 "말하고 있는 우리"와 같은 "한 무리, 우리"로 만들어 줄 수 있다.

"여러 이름의 남녀"로 만들어진 "그들"과 "나" 사이에는 "말"이 존재하지 않고, 다만 "나"가 각자의 이름만 알고 있는 무리로서, "말하는 나"와 함께 서로 이름을 불러주고 대답하며 한마음과 한뜻으로 같은 주제의 말을 하게 되는 "우리"라는 무리를 만드는 데 어려움이 따르게 되지만,

"말하는 나"와 그 무리 사이에 "말"이 다시 존재하게 된다면, 지금 "나, 혹은 우리(나와 너)"는 그 무리 모두, 혹은 몇몇과 마주 보며 함께 한마음과 한뜻이 되어 같은 주제의 말을 할 수 있게 되고, "나"는 그 무리 모두, 혹은 몇몇을 "우리"와 같은 "한 무리, 우리"로 만들어

줄 수 있게 된다.

"여러 이름의 남녀"로 만들어진 "그들 they"의 공통점

"여러 이름의 남녀"로 만들어진 "그들 they"는 "우리의 대화" 안에 등장해서 같이 알게 된 여러 이름의 남녀의 무리이면서, 지금 "나와 너"와 마주 보고 대화하는 등의 관계성을 지니고 있지 않은 무리이지만,

"말하는 나와 너"가 "그들" 각자의 이름을 부를 때, 그 소리가 "그들"에게 들려지게 되고 대답할 수 있게 된다면, 대답을 한 사람에 대하여, 나의 말은 각자 너에게 들어갈 수 있고 각자 너의 말은 나에게 들어올 수 있게 되면서, 언제든지 "나, 혹은 나와 너"와 마주 보며 한마음과 한뜻으로 "같은 주제의 말"을 주고받을 수 있는 "한 무리, 우리"가 될 가능성을 지닌 무리이다.

"나"의 소리를 듣고 "나"에게 대답하게 된다면, 대답을 한 사람은 "나"와 마주보며 한마음과 한뜻을 가지고 같은 주제의 말을 하게 되면서 "나"와 단독으로 함께 "우리"가 될 수 있는 것이다.

즉, "여러 이름의 남녀"로 만들어진 "그들"이 가지고 있는 한 공통점은, 지금 "말하는 나와 너"의 대화 안에 등장하면서, 당장은 "나와 너"와 함께 "우리"가 될 수 없을지라도, "나(너)"가 "그들" 각자의 이름을 부르게 될 때 대답한 사람

들이 있을 경우, "그들" 모두, 혹은 몇몇은 "나와 너"와 같은 "한 무리, 우리"가 될 가능성을 지닌 무리라는 것이다.

<사람 이름들의 "그들 they">
"우리"가 되지 못하는 무리로서의 사람 이름에 대한 "그들"은, 지금 "말하고 있는 나와 너"와 마주 보고 대화하는 등의 관계성에서는 벗어나 있지만, 이름(그 이름으로 성 구별 가능)은 알고 있는 상태가 되므로, "여러 이름의 남녀들"에 대한 "그들"이 된다.

"나의 문장" 안에서 "여러 이름의 남녀"로 만들어진 "한 무리, 그들"의 존재적 의미는, "나가 우리의 대화에 등장해서 서로 같이 알게 되고 한 공통점도 발견하게 된 여러 이름의 남녀를 '하나'로 묶어 '너'와 같이 부르기 위해 만든 무리"로서, "나"와 "너"가 같은 무리로 같이 인식하고 있는 "그들"이 되면서 동시에 문장 안에서 동작의 주체가 될 수 있고 그 문장의 주어도 될 수 있는 것이다.

"사람 이름들"과 대명사 "그들 they"

곧, "나의 문장" 안에서 "여러 이름의 남녀"로 만들어진 "그들 they"의 무리는, "나"가 "우리(나와 너)의 대화"에 등장해서 서로 같이 알게 된 여러 이름의 남녀를 "너"와 같이 부르기 위해 "하나, 한 무리"로 만들어 줄 때 그 존재가 제시되고,
그 "하나, 한 무리"는 "나"와 "너"에게 "그들"로 같이 인식된 "그때의 그 무리, 그들 they"가 된다.

이러한 존재성으로, 문장 안에서 "여러 이름의 남녀"로 만들어진 "그들 they"의 무리는 "그때의 그들 they"로서 동작의 주체가 될 수 있고, 그 문장의 주어도 될 수 있으며, 그대로 대명사가 된다.

"나의 문장" 안에서 "여러 이름의 남녀"로 만들어진 "그들 they"의 무리는, "나"가 "우리의 대화에 등장해서 서로 같이 알게 된 여러 이름의 남녀"를 "한 무리"로 만들어 주며 불러 줄 때 "나"와 "너"에게 한 존재가 먼저 제시되고 같은 "그들"로 같이 인식될 때마다 모두 "they"가 될 수 있어서, 결코 유일한 존재가 되지 않는다.

그 유일한 존재인 "사람 이름"도, "나와 너의 문장" 안에서 여럿이 모여 있게 되고 "나(너)"로 인해 "한 무리, 그들"로 만들어지게 되면, 결코 유일한 존재가 되지 않는 것이다.

2) "사람 이름들"과 "이들"의 무리

"사람 이름들"과 "이들" 1

"나"가 "나"와 여전히 가까운 거리에 모여 있고 각자의 이름과 한 공통점까지 잘 알고 있는 둘 이상 여러 이름의 인물을 지금 "우리"가 된 "너"에게 직접 가리켜 보여주거나 소개하고, 서로 같은 존재들로 같이 인식하며 알게 될 때,
"나"는 곧바로 "나의 문장" 안에서 그 여러 이름의 인물을 "하나"로 묶어 "너"와 같이 볼 수 있도록 "한 무리"로 만들어 줄 수 있고, 그 무리는 "이들"이 된다.

"여러 이름의 인물"로 만들어진 "이들"은, "나"가 "나"와 여전히 가까운 거리에 있고 각자의 이름을 잘 알고 있는 가운데, 아직도 "나"가

각자 한 인물의 이름을 불러줄 때 대답하고 마주 보며 "같은 주제의 말"을 주고받는 등의 관계성을 지니는 무리로서,

이 무리 안에는 "말"이 존재하고 각자 "이름들"이 존재하면서, 개개 인들 사이에서 각자의 이름을 불러주는 "말하는 나", "나의 말을 듣는 너", "나"와 "너"가 같이 알고 부를 수 있는 "그, 그녀"가 존재할 수 있고, 그 안에서는 서로 뜻이 맞고 함께 같은 주제를 나누게 되는 "나와 너의 우리"와, 그 "우리"가 같이 알고 있는 "그들"도 존재할 수 있게 되지만,

"나"가 나와 가까운 거리에 모여 있는 여러 이름의 인물로 "이들"의 무리를 만들어 지금 "우리"가 된 "너"에게 직접 가리켜 보여주고 소개한 다음에는, 오직 "나"가 "하나"로 묶어놓은 "한 무리, 이들" 외에는 어떤 실체적 존재도 드러나지 않게 된다.

특히, "여러 이름의 인물"로 만들어진 "이들"은, "나"가 나와 가까운 거리에 모여 있는 여러 이름의 인물을 "너"에게 보여주기 위해 일방적으로 만든 무리로서, 오로지 "우리"에서만 바라볼 수 있고, 알 수 있고, 부를 수 있는 대상이 되지만,

지금 "말하고 있는 우리(나와 너)"가 "이들"과 함께 "우리"가 되고자, "나"가 "이들" 안에 있는 인물들의 이름을 각자 하나씩 부를 때, 모두 "나의 소리"를 듣고 "우리"를 바라보며, "우리의 말"에 같은 한마음과 한뜻을 갖게 된다면, "우리"는 "이들" 모두와 마주 보면서 같은 주제의 말을 할 수 있게 되고, 곧바로 "나"는 "나의 문장" 안에서 "이들" 모두를 "우리"와 같은 "한 무리, 우리"로 만들어 줄 수 있다.

또, "나"가 "이들" 안에 있는 인물들의 이름을 각자 하나씩 부를 때

"이들"의 다만 몇몇이라도 "나의 소리"를 듣고 "우리"를 바라보며, "우리의 말"에 같은 한마음과 한뜻을 갖게 된다면, "우리"는 "이들" 몇몇과 마주 보면서 같은 주제의 말을 할 수 있게 되고, 곧바로 "나" 는 "나의 문장" 안에서 "이들" 몇몇도 "우리"와 같은 "한 무리, 우리" 로 만들어 줄 수 있다.

"사람 이름들"과 "이들" 2

"나"가 각자의 이름을 불러주고 대답하며 관계성을 가진 여러 인물과 함께 같은 주제의 말을 주고받으면서 아직도 "우리"로서 같이 있으며, 여전히 "나"와 가까운 거리에 있는 그 무리를 그 무리 밖에서 새롭게 "우리"가 된 "너"에게 직접 가리켜 보여주거나 소개할 때, "나"는 "나의 문장" 안에서 그 무리를 지정하여 다시 "우리"가 같이 알 수 있는 "이들"의 무리로 만들어 줄 수 있다.

그리고 "나"가 "이들" 각자의 이름을 불러주고 그 무리에서 "나의 소리"를 듣고 대답하는 사람들이 있을 때, "이들" 모두, 혹은 몇몇이 지금 "우리의 말"에 귀 기울여 듣고 "우리"와 한마음과 한뜻이 되어 "같은 주제의 말"을 하게 된다면, "나"는 "이들" 모두, 혹은 몇몇을 "우리"와 같은 "한 무리, 우리"로 만들어 줄 수 있다.

마찬가지로, "우리(나와 너)"가 각자의 이름을 불러주고 대답하며 관계성을 가진 여러 인물과 함께 같은 주제의 말을 주고받으면서 아직도 "우리"로서 같이 있으며, 여전히 "우리(나와 너)"와 가까이 있는 그 무리를 그 무리 밖에서 새롭게 서로에게 직접 가리켜 보여주거나 소개할 때도, "나(너)"는 "나(너)의 문장" 안에서 그 무리를 지정하여 다시 "우리"가 같이 알 수 있는 "이들"의 무리로 만들어 줄 수 있다.

이 경우 역시, "나(너)"가 "이들" 각자의 이름을 불러주면 그 무리에서 "나(너)의 소리"를 듣고 대답하는 사람들이 있을 때, "이들" 모두, 혹은 몇몇이 지금 "우리의 말"에 귀 기울여 듣고 "우리"와 한마음과 한뜻이 되어 같은 주제의 말을 하게 된다면, "나(너)"는 "이들" 모두, 혹은 몇몇을 "우리"와 같은 "한 무리, 우리"로 만들어 줄 수 있다.

"사람 이름들"과 "이들" 3

반면에, "나"가 "이들" 각자의 이름을 부를 때, "이들"의 누구도 나의 소리를 듣고 "우리"와 마주 보며 한마음과 한뜻을 가지고 하나의 주제를 갖는 어떤 시도 없이 그대로 있게 된다면 그저 "이들"로서 있게 된다.

> ### "여러 이름의 인물"로 만들어진 "이들 these"의 공통점
>
> "여러 이름의 인물"로 만들어진 "이들"은 "나, 혹은 우리(나와 너)"와 여전히 가까운 거리에 모여 있는 무리이면서도, 그 "이들"안에서 "나"가 각자 한 인물의 이름을 서로 불러주고 대답할 때, 대답을 한 사람에 대하여, 나의 말은 너에게 들어갈 수 있고 너의 말은 나에게 들어올 수 있게 되면서 사람에 대한 모든 관계성이 새롭게 시작될 수 있는 무리이다.
>
> 즉, "여러 이름의 인물"로 만들어진 "이들"이 가지고 있는 한 공통점은, "나, 혹은 나와 너"의 곁에 가까이 있어서 "나"가 "이들"이라는 무리로 만들어 줄 수 있고, "나"가 그 안에 있는 각자 한 인물의 이름을 서로 불러주고 대답할 때, 대답을 한 사람과는 "나"와 "너"의 대화(말)가 시

작되면서, 그 안에서 "나", "너", "그", "우리", "그들"의 모든 개체와 무리에 대한 관계성이 시작될 수 있는 무리라는 것이다.

<"나"가 지정한 사람 이름들의 "이들 these">
"나"와 가까운 거리에 있는 이 무리를, 그 무리 밖에서 "나"가 새롭게 "우리"가 된 "너"에게 직접 가리켜 보여주거나 소개할 때, 바로, "이들"로 부를 수 있게 되며,
마찬가지로, "우리(나와 너)"와 가까운 거리에 있는 이 무리를, 그 무리 밖에서 "우리(나와 너)"가 새롭게 서로에게 직접 가리켜 보여주거나 소개할 때도, 바로, "이들"로 부를 수 있게 된다.

그리고 "나, 혹은 우리(나와 너)"가 "이들"의 각자 이름을 불러주고 대답할 때, 대답을 한 사람이 "우리"와 마주 보며 한마음과 한뜻을 가지고 같은 주제의 말을 주고받게 된다면, "나"로 인해 "우리"와 다시 같은 "한 무리, 우리"가 될 수 있는 것이다.

"나의 문장" 안에서 "여러 이름의 인물"로 만들어진 "한 무리, 이들"의 존재적 의미는, "나가 나와 여전히 가까운 거리에 있고 각자의 이름과 한 공통점까지 잘 알고 있는 그 여러 인물을 '하나'로 묶어 '너'에게 보여주기 위해 만든 무리"로서, "나"만 알고 있는 여러 이름의 인물이 이제는 "나"와 "너"가 같은 무리로 같이 인식하고 있는 "이들"이 되면서 동시에 문장 안에서 동작의 주체가 될 수 있고 그 문장

의 주어도 될 수 있는 것이다.

"사람 이름들"과 대명사 "이들 these"

곧, "나의 문장" 안에서 "여러 이름의 인물로 만들어진 "이들 these"
의 무리는, "나"가 나와 여전히 가까운 거리에 있고 각자의 이름을
잘 알고 있는 그 여러 인물을 지금 "우리"가 된 "너"에게 직접 가리켜
보여주거나 소개하기 위해 "하나, 한 무리"로 만들어 줄 때 그 존재
가 제시되고,
그 "하나, 한 무리"는, "나"와 "너"가 같이 보는 동시에 사람과 사물의
구분이 가능하게 되면서 "나"와 "너"에게 "이들"로 같이 인식된 "그
때의 그 무리, 이들 these"가 된다.

이러한 존재성으로, 문장 안에서 "여러 이름의 인물"로 만들어진 "이
들 these"의 무리는 "그때의 이들 these"로서 동작의 주체가 될 수
있고, 그 문장의 주어도 될 수 있으며, 그대로 대명사가 된다.

"나의 문장" 안에서 "여러 이름의 인물"로 만들어진 "이들 these"의
무리는, "나"가 "나와 여전히 가까운 거리에 있고 각자의 이름을 잘
알고 있는 그 여러 인물"을 지정하여 만든 "한 무리"를 지금 "우리"
가 된 "너"에게 보여줄 때 "나"와 "너"에게 한 존재가 먼저 제시되고
같은 "이들"로 같이 인식될 때마다 모두 "이들 these"가 될 수 있어
서, 결코 유일한 존재가 되지 않는다.

그 유일한 존재인 "사람 이름"도, "나와 너의 문장" 안에서 여럿이 모
여 있게 되고 "나(너)"로 인해 "한 무리, 이들"로 만들어지게 되면, 결
코 유일한 존재가 되지 않는 것이다.

"사람 이름들"의 "이들 these"와 "우리 we"

문장 안에서 "나"가 지정한 여러 이름의 인물로 만들어진 "이들 these"가 동작의 주체이자 그 문장의 주어로서 먼저 제시되고, "이들 these" 모두, 혹은 몇몇이 지금 "우리의 말"에 한마음과 한뜻이 되어 같은 주제의 말을 하게 되면, "이들 these" 모두, 혹은 몇몇은 이제 "우리"에게 "우리"와 같은 "하나, 한 무리"로서 같이 인식된 "그때의 그 무리, 우리 we"가 된다.

지금 "우리"가 "이들 these" 모두, 혹은 몇몇과 함께 같은 "한 무리"로서 같이 인식된 "우리 we"는, 그 존재성으로 다음 문장에서 다시 "그때의 우리 we"로서 동작의 주체가 될 수 있고, 그 문장의 주어도 될 수 있으며, 그대로 대명사가 된다.

이렇듯, 문장 안에서 "나"가 지정한 여러 이름의 인물로 만들어진 "이들 these"의 무리가 "우리 we"의 무리로 될 수 있는 경우는, "these"가 먼저 제시되고 다음 문장에서 "우리"와 함께 같은 부류의 "한 무리"로 될 때, 바로 "we"가 되는 것이다.

"사람 이름들"의 "이들 these"와 "그들 they "

문장 안에서 "나"가 지정한 여러 이름의 인물로 만들어진 "이들 these"가 동작의 주체이자 그 문장의 주어로서 먼저 제시되고, "이들 these"가 지금 "나와 너"와 함께 같은 "우리"로 될 수 없고 그저 "이들 these"로서 있게 되면, "이들 these"는 이제 "우리"에게 같은 "여러 이름의 남녀"의 "한 무리"로 같이 인식된 "그때의 그 무리, 그들 they"가 된다.

"이들 these"로서 "우리"에게 같은 부류의 무리로 같이 인식된 "그들 they"는, 그 존재성으로 다음 문장에서 다시 "그때의 그들 they"로서 동작의 주체가 될 수 있고, 그 문장의 주어도 될 수 있으며, 그대로 대명사가 된다.

이렇듯, 문장 안에서 "나"가 지정한 여러 이름의 인물로 만들어진 "이들 these"의 무리가 "우리 we"의 무리로 될 수 없는 경우는, "these"가 먼저 제시되고 다음 문장에서 "우리"가 같이 알게 된 같은 부류의 "한 무리"로 되면서, 바로 "they"가 되는 것이다.

3) "사람 이름들"과 "저들"의 무리

"사람 이름들"과 "저들" 1

"나"가 "나"와 이젠 멀리 떨어진 거리에 모여 있게 되었지만 이미 각자의 이름과 한 공통점까지 잘 알고 있었던 둘 이상 여러 이름의 인물을 지금 "우리"가 된 "너"에게 직접 가리켜 보여주거나 소개하고, 서로 같은 존재들로 같이 인식하며 알게 될 때,
"나"는 곧바로 "나의 문장" 안에서 그 여러 이름의 인물을 "하나"로 묶어 "너"와 같이 볼 수 있도록 "한 무리"로 만들어 줄 수 있고, 그 무리는 "저들"이 된다.

"여러 이름의 인물"로 만들어진 "저들"은, "나"가 이젠 멀리 떨어진 거리에 있게 되었지만 "나"와 가까이 있었을 때 이미 각자의 이름을 잘 알고 있었고, 이전에 "나"가 각자 한 인물의 이름을 불러줄 때 대답하고 마주 보며 같은 주제의 말을 주고받는 등의 관계성을 지녔던 사람들의 무리로서,

비록 지금은 "나"와 멀리 떨어져 있을지라도, 이 무리 안에는 "말"이 존재하고 각자 "이름들"이 존재하면서, 개개인들 사이에서 각자의 이름을 불러주는 "말하는 나", "나의 말을 듣는 너", "나"와 "너"가 같이 알고 부를 수 있는 "그, 그녀"가 존재할 수 있고, 그 안에서는 서로 뜻이 맞고 함께 같은 주제를 나누게 되는 "나와 너의 우리"와, 그 "우리"가 같이 알고 있는 "그들"도 존재할 수 있게 되지만,

"나"가 나와 멀리 떨어진 거리에 모여 있는 여러 이름의 인물로 "저들"의 무리를 만들어 지금 "우리"가 된 "너"에게 직접 가리켜 보여주고 소개한 다음에는, 오직 "나"가 "하나"로 묶어놓은 "한 무리, 저들" 외에는 어떤 실체적 존재도 드러나지 않게 된다.

특히, "여러 이름의 인물"로 만들어진 "저들"은, "나"가 나와 멀리 떨어진 거리에 모여 있는 여러 이름의 인물을 "너"에게 보여주기 위해 일방적으로 만든 무리로서, 오로지 "우리"에서만 바라볼 수 있고 알 수 있고, 부를 수 있는 대상이 되지만,

지금 "말하고 있는 우리(나와 너)"가 "저들"과 함께 "우리"가 되고자, "나"가 "저들" 안에 있는 인물들의 이름을 각자 하나씩 부를 때 모두 "나의 소리"를 듣고 "우리"를 바라보며, "우리의 말"에 같은 한마음과 한뜻을 갖게 된다면, "우리"는 "저들" 모두와 마주 보면서 같은 주제의 말을 할 수 있게 되고, 곧바로 "나"는 "나의 문장" 안에서 "저들" 모두를 "우리"와 같은 "한 무리, 우리"로 만들어 줄 수 있다.

또, "나"가 "저들" 안에 있는 인물들의 이름을 각자 하나씩 부를 때 "저들"의 다만 몇몇이라도 "나의 소리"를 듣고 "우리"를 바라보며, "우리의 말"에 같은 한마음과 한뜻을 갖게 된다면, "우리"는 "저들" 몇몇과 마주 보면서 같은 주제의 말을 할 수 있게 되고, 곧바로 "나"

는 "나의 문장" 안에서 "저들" 몇몇도 "우리"와 같은 "한 무리, 우리"로 만들어 줄 수 있다.

"사람 이름들"과 "저들" 2

이전에 "나"가 각자의 이름을 불러주고 대답하며 관계성을 가졌던 여러 인물과 함께 같은 주제의 말을 주고받으면서 "우리"로서 같이 있었지만, 이젠 "나"와 멀찍이 떨어진 거리에 있게 된 그 무리를 그 무리 밖에서 새롭게 "우리"가 된 "너"에게 직접 가리켜 보여주거나 소개할 때, "나"는 "나의 문장" 안에서 그 무리를 지정하여 다시 "우리"가 같이 알 수 있는 "저들"의 무리로 만들어 줄 수 있다.

그리고 "나"가 "저들" 각자의 이름을 불러주고 그 무리에서 "나의 소리"를 듣고 대답하는 사람들이 생길 때 "저들" 모두, 혹은 몇몇이 지금 "우리의 말"에 귀 기울여 듣고 "우리"와 한마음과 한뜻이 되어 같은 주제의 말을 주고받을 수 있게 된다면, "나"는 "저들" 모두, 혹은 몇몇을 "우리"와 같은 "한 무리, 우리"의 무리로 만들어 줄 수 있다.

마찬가지로, 이전에 "우리(나와 너)"가 각자의 이름을 불러주고 대답하며 관계성을 가졌던 여러 인물과 함께 같은 주제의 말을 주고받으면서 "우리"로서 같이 있었지만, 이젠 "우리(나와 너)"와 멀찍이 떨어진 거리에 있게 된 그 무리를 그 무리 밖에서 새롭게 서로에게 직접 가리켜 보여주거나 소개할 때도, "나(너)"는 "나(너)의 문장" 안에서 그 무리를 지정하여 다시 "우리"가 같이 알 수 있는 "저들"의 무리로 만들어 줄 수 있다.

여기서도 역시, "나(너)"가 "저들" 각자의 이름을 불러주고 그 무리에서 "나(너)의 소리"를 듣고 대답하는 사람들이 생길 경우, "저들"

모두, 혹은 몇몇이 지금 "우리의 말"에 귀 기울여 듣고 "우리"와 한 마음과 한뜻이 되어 같은 주제의 말을 주고받을 수 있게 된다면, "나 (너)"는 "저들" 모두, 혹은 몇몇을 "우리"와 같은 "한 무리, 우리"로 만들어 줄 수 있다.

지금 "우리"와 "저들"의 무리 사이에는 물리적 (거리, 시간)어려움이 항상 따르게 되지만,
그것을 극복할 수 있는 물리적 노력을 기울이게 된다면 언제든지 "우리"와 같은 주제의 말을 할 수 있게 되고, "나"는 "우리"와 함께 같은 "한 무리, 우리"로 만들어 줄 수 있게 된다.

"사람 이름들"과 "저들" 3

반면에, "나"가 "저들" 각자의 이름을 부를 때, "저들"의 누구도 나의 소리를 듣고 "우리"와 마주 보며 한마음과 한뜻을 가지고 하나의 주제를 갖는 어떤 시도 없이 그대로 있게 된다면 그저 "저들"로서 있게 된다.

"여러 이름의 인물"로 만들어진 "저들 those"의 공통점

"여러 이름의 인물"로 만들어진 "저들"은 이전에 "나, 혹은 우리(나와 너)"와 가까운 거리에 모여 있었던 무리였고, 그 "저들"안에서 "나"가 각자 한 인물의 이름을 서로 불러주고 대답했을 때, 대답을 했던 사람에 대하여, 나의 말은 너에게 들어갔고 너의 말은 나에게 들어왔으며 사람에 대한 모든 관계성을 다 지녔던 무리이다. 지금은 다만 "나"와 멀리 떨어져 있을 뿐이다.

즉, "여러 이름의 인물"로 만들어진 "저들"이 가지고 있는 한 공통점은, 이전에 "나, 혹은 나와 너"의 곁에 가까이 있었을 때 "나"가 "이들"이라는 무리로 만들어 줄 수 있었고, 이전에 "나"가 그 안에 있는 각자 한 인물의 이름을 서로 불러주고 대답하면서, 대답을 했던 사람과는 "나"와 "너"의 대화(말)가 시작되었으며, 그 안에서 "나", "너", "그", "우리", "그들"의 모든 개체와 무리에 대한 관계성을 지녔던 무리였다는 것이다. 지금은 다만 "나"와 멀리 떨어져 있을 뿐이다.

<"나"가 지정한 사람 이름들의 "저들 those">
"나"와 멀리 떨어진 거리에 있는 저 무리를, 그 무리 밖에서 "나"가 새롭게 "우리"가 된 "너"에게 직접 가리켜 보여주거나 소개할 때, 바로, "저들"로 부를 수 있게 되며, 마찬가지로, "우리(나와 너)"와 멀리 떨어진 거리에 있는 저 무리를, 그 무리 밖에서 "우리(나와 너)"가 새롭게 서로에게 직접 가리켜 보여주거나 소개할 때도, 바로, "저들"로 부를 수 있게 된다.

그리고 비록 물리적 어려움이 따르게 되더라도, "나, 혹은 우리(나와 너)"가 "저들"의 각자 이름을 불러주고 대답할 때, 대답을 한 사람이 "우리"와 마주 보며 한마음과 한뜻을 가지고 같은 주제의 말을 주고받게 된다면, "나"로 인해 "우리"와 다시 같은 "한 무리, 우리"가 될 수 있는 것이다.

"나의 문장" 안에서 "여러 이름의 인물"로 만들어진 "한 무리, 저들"의 존재적 의미는, "나가 나와 이젠 멀리 떨어진 거리에 있게 되었지만 이미 각자의 이름과 한 공통점까지 잘 알고 있었던 그 여러 인물을 '하나'로 묶어 '너'에게 보여주기 위해 만든 무리"로서,
"나"만 알고 있던 여러 이름의 인물이 이제 "나"와 "너"가 같은 무리로 같이 인식하고 있는 "저들"이 되면서 동시에 문장 안에서 동작의 주체가 될 수 있고 그 문장의 주어도 될 수 있는 것이다.

"사람 이름들"과 대명사 "저들 those"

곧, "나의 문장" 안에서 "여러 이름의 인물"로 만들어진 "저들 those"의 무리는, "나"가 나와 이젠 멀리 떨어진 거리에 있게 되었지만 이미 각자의 이름을 잘 알고 있었던 그 여러 이름의 인물을 지금 "우리"가 된 "너"에게 직접 가리켜 보여주거나 소개하기 위해 "하나, 한 무리"로 만들어 줄 때 그 존재가 제시되고,
그 "하나, 한 무리"는, "나"와 "너"가 같이 보는 동시에 사람과 사물의 구분이 가능하게 되면서 "나"와 "너"에게 "저들"로 같이 인식된 "그때의 그 무리, 저들 those"가 된다.

이러한 존재성으로, 문장 안에서 "여러 이름의 인물"로 만들어진 "저들 those"의 무리는 "그때의 저들 those"로서 동작의 주체가 될 수 있고, 그 문장의 주어도 될 수 있으며, 그대로 대명사가 된다.

"나의 문장" 안에서 "여러 이름의 인물"로 만들어진 "저들 those"의 무리는, "나"가 "나와 이젠 멀리 떨어진 거리에 있게 되었지만 이미 각자의 이름을 잘 알고 있었던 그 여러 이름의 인물"을 지정하여 만든 "한 무리"를 지금 "우리"가 된 "너"에게 보여줄 때 "나"와 "너"에게 한 존재가 먼저 제시되고 같은 "저들"로 같이 인식될 때마다 모두 "저들 those"가 될 수 있어서, 결코 유일한 존재가 되지 않는다.

그 유일한 존재인 "사람 이름"도, "나와 너의 문장" 안에서 여럿이 모여 있게 되고 "나(너)"로 인해 "한 무리, 저들"로 만들어지게 되면, 결코 유일한 존재가 되지 않는 것이다.

"사람 이름들"의 "저들 those"와 "우리 we"

문장 안에서 "나"가 지정한 여러 이름의 인물로 만들어진 "저들 those"가 동작의 주체이자 그 문장의 주어로 먼저 제시되고, "저들 those" 모두, 혹은 몇몇이 지금 "우리의 말"에 한마음과 한뜻이 되어 같은 주제의 말을 하게 되면, "저들 those" 모두, 혹은 몇몇은 이제 "우리"에게 "우리"와 같은 "하나, 한 무리"로서 같이 인식된 "그때의 그 무리, 우리 we"가 된다.

지금 "우리"가 "저들 those" 모두, 혹은 몇몇과 함께 같은 "한 무리"로서 같이 인식된 "우리 we"는, 그 존재성으로 다음 문장에서 다시 "그때의 우리 we"로서 동작의 주체가 될 수 있고, 그 문장의 주어도 될 수 있으며, 그대로 대명사가 된다.

이렇듯, 문장 안에서 "나"가 지정한 여러 이름의 인물로 만들어진 "저들 those"의 무리가 "우리 we"의 무리로 될 수 있는 경우는, "those"가 먼저 제시되고 다음 문장에서 "우리"와 함께 같은 부류의 "한 무리"로 될 때, 바로 "we"가 되는 것이다.

"사람 이름들"의 "저들 those"와 "그들 they"

문장 안에서 "나"가 지정한 여러 이름의 인물로 만들어진 "저들 those"가 동작의 주체이자 그 문장의 주어로 먼저 제시되고, "저들 those"가 지금 "나와 너"와 함께 같은 "우리"로 될 수 없고 그저 "저들 those"로서 있게 되면, "저들 those"는 이제 "우리"에게 같은 "여러 이름의 남녀"의 "한 무리"로서 같이 인식된 "그때의 그 무리, 그들 they"가 된다.

"저들 those"로서 "우리"에게 같은 부류의 무리로 같이 인식된 "그들 they"는, 그 존재성으로 다음 문장에서 다시 "그때의 그들 they"로서 동작의 주체가 될 수 있고, 그 문장의 주어도 될 수 있으며, 그대로 대명사가 된다.

이렇듯, 문장 안에서 "나"가 지정한 여러 이름의 인물로 만들어진 "저들 those"의 무리가 "우리 we"의 무리로 될 수 없는 경우는, "those"가 먼저 제시되고 다음 문장에서 "우리"가 같이 알게 된 같은 부류의 "한 무리"로 되면서, 바로 "they"가 되는 것이다.

(2) "사물 이름들"의 무리

"사물 이름"은 "한 사물"에 그 존재의 목적과 용도를 위하여 붙이는 이름으로서, 그 이름을 가진 "한 사물"은 "한 개체"로서 사용될 수 있으며, 그 "하나"의 "개체"는 스스로 존재하지 않고 "나"가 "그 이름"을 가진 "그 사물"을 사용하게 될 때 실체로서 존재하게 된다.

"그 이름"을 가진 "그 사물"은 일반적으로 두루 사용될 수 있기 때문에 "사람 이름"처럼 유일한 하나의 "개체"가 되지 않으며, 또한 "사물"은 "나"의 필요에 따라 "한 개체"로서 "한 사물"이 사용될 수 있지만 여러 개를 묶어서 "한 무리"로 사용하는 것도 가능하게 된다.

"나와 너(우리)의 대화" 안에서 둘 이상 여러 이름의 사물이 등장하게 되고 그 사물들에게서 한 공통점을 발견하게 된다면, 그때는 "나"가 그 여러 사물을 "하나"로 묶을 수 있으며, 충분히 "한 무리"로 만들어 줄 수 있게 된다.

그 "한 무리"는 스스로 존재하지 않고 "나"가 그 여러 이름의 사물을 "하나"로 묶어서 사용하거나, "나"가 지금 "우리"가 된 "너"에게 그 여러 이름의 사물을 "하나"로 묶어서 불러 줄 때 실체로서 존재할 수 있게 된다.

"사물 이름"의 종류와 무리

세 가지로 분류할 수 있는 "사물 이름"은 그 이름과 사용에
따라 "한 개의 사물", 혹은 "여러 개의 사물"로 존재할 수 있
게 되면서, "한 개의 개체"와 "여러 개의 무리"로서 모두 존
재할 수 있게 된다.

<"관념적 사물 이름(추상명사)"과 무리>
"한 사물"에 대한 "사물 이름"은 대중성을 기반으로 누구나
떠오를 수 있게 붙이면서, "관념적 사물 이름"으로 시작된
다.

비단 생각 속에 있는 사물이더라도, 그 수를 셀 수 있는 사
물의 경우 "여러 개"가 있을 때, "나"는 "나의 문장" 안에서
그 "여러 개"를 묶어서 "한 무리"로 만들어 줄 수 있다.

무리를 만들 때는 그 단어의 끝에 s, 혹은 es(단어의 원형 발
음을 유지한 채로, s의 발음만 추가하기 위하여 때로는 es
를 쓰기도 한다)를 붙이면서 그 뜻을 이루게 된다.
bag- bags, apple- apples, dress- dresses.

<"개념적 사물 이름(a 추상명사)"과 무리>
생각(관념) 속에 있던 사물의 이름을 밖으로 나오게 하면
서, 누구나 그 형체를 보고 알 수 있도록 일반성의 표시 "관
사 a"를 붙여주게 된 이후로, 그 사물의 이름은 이제 일반적
물건의 형체와 개념을 지니게 되는 "개념적 사물 이름"이 된다.

개념은, "일반적 하나"를 의미하므로, 관사 a 가 이끄는 개념의 상태에서 무리를 만들지는 않는다. a bag- a bags (x)

<"물질적 사물 이름(the 추상명사)"과 무리>

"나"가 "그 사물"을 "그 이름"대로 직접적인 경험을 하게 되면서, "사물 이름"이 실체로 드러날 수 있도록 물질성의 표시 "관사 the"를 붙여주게 된 이후로, 그 사물의 이름은 이제 "나"에게 관념이나 개념을 떠나서 실체로 접할 수 있게 되는 "물질(실체)적 사물 이름"이 된다.

물질은, "나"가 개체와 무리의 차별 없이 모두에 대해 그 의미를 부여할 수 있게 되므로, "나"는 관사 the가 이끄는 물질의 상태에서도 능히 "한 무리"를 만들 수 있게 되고,

"나"가 "그 이름"을 가진 "그 사물"의 "한 개, 혹은 여러 개"를 직접 경험하고 교감하면서 그 "사물"이 "물질"상태가 된 후, "여러 개"일 경우에는 "나의 문장" 안에서 "하나"로 묶어 무리로 만들 수 있게 된다.
the bag- the bags, the apple- the apples, the dress- the dresses.

★★《그리고 "한 개체"로서의 "사람 이름"은, "한 존재"를 "실체"로 불러주기 위해 붙여진 이름이기에 이미 "물질(실체)"적 의미가 내포돼 있기 마련이고, 더불어, "그 사람"은 "나"가 되어 모든 사물에 물질의 의미를 부여할 수 있는 존재가 되므로, "사람 이름"은 누군가에 의해 물질의 의미가

부여되는 관사 "the"의 표시가 붙지 않게 된다.》★★

<"한 사물의 고유한 이름(고유명사)"과 무리>
"한 사물(물건)의 고유한 이름"은 유일한 존재에 대한 "것"
으로서, "사물"이라 할지라도 무리를 만들 수 없게 된다.
문장 안에서 "한 사람"과 "한 사물(물건)"에 대한 고유명사
는 그대로 하나의 "개체"가 되기 때문이다.

1) "사물 이름들"과 "그들(그것들)"의 무리

"사물 이름들"과 "그들(그것들)"

"우리의 대화" 안에 등장하는 둘 이상의 여러 이름의 사물, 혹은 한 이름의 여러 사물에서 한 공통점을 발견한 후, "우리(나와 너)가 같은 존재들로 같이 인식하며 알게 될 때, "나"는 곧바로 "나의 문장" 안에서 그 이름의 사물들을 "하나"로 묶어 "너"와 같이 부를 수 있도록 "한 무리"로 만들 수 있게 되며, 그 무리는 "그들(그것들)"이 된다.

"여러 이름의 사물, 혹은 한 이름의 여러 사물"로 만들어진 "그들(그것들)"은 "우리의 대화"에 등장하면서 서로 같이 알게 된 여러 사물에 대한 무리로서,

이 무리 안에는 실제적으로 "말"이 존재하지 않으면서, 사물 자신들 서로가 이름을 부르면서 대면하고 대화할 수 없으므로, "나"와 "너" 가 존재하지 않고, "나"와 "너"가 같이 부를 수 있는 "그것"도 존재 하지 않으며, 그 안에서는 서로 뜻이 맞고 같은 주제를 나누게 되는

"나와 너의 우리"와 "우리"가 같이 알고 있는 "그들(그것들)"도 존재하지 않는다.

다만, "나"가 "우리(나와 너)의 대화"에서 서로 같이 알게 된 여러 이름의 사물, 혹은 한 이름의 여러 사물"로 "그들(그것들)"의 무리를 만들어 서로 같이 부른 다음에는, 오직 "나"가 "하나"로 묶어놓은 "한 무리, 그들(그것들)"만이 실체적 존재로서 드러나게 된다.

특히, "여러 이름의 사물, 혹은 한 이름의 여러 사물"로 만들어진 "그들(그것들)"은, "나"가 "우리의 대화"에서 서로 같이 알게 된 여러 이름의 사물, 혹은 한 이름의 여러 사물을 "너"와 같이 부르기 위해 일방적으로 만든 무리로서,
오로지 "우리"에서만 바라볼 수 있고, 알 수 있고, 부를 수 있는 대상이 되면서,

사물의 특성상, "여러 이름의 사물, 혹은 한 이름의 여러 사물"로 만들어진 "그들(그것들)" 안에는 "말하는 나", "나의 말을 듣는 너", "나와 너의 우리"가 존재하지 않는 고로, 지금 "말하고 있는 나와 너"와 마주 보며 한마음과 한뜻으로 같은 주제의 말을 하게 되는 "우리"의 무리를 만들 수 없게 된다.

그리고 "그들(그것들)"은 "우리"와 함께 같은 "한 무리, 우리"가 될 수 없는 관계성이 적용되면서, "나"는 사람들의 무리와 사물들의 무리의 어떤 경우에도 동일하게 "그들(그것들)"로 만들어 줄 수 있다.

"여러 이름의 사물"로 만든 "그들(그것들) they"의 공통점

"여러 이름의 사물"로 만든 "그들(그것들) they"는 "우리의 대화" 안에 등장해서 서로 같이 알게 된 "여러 이름의 사물, 혹은 한 이름의 여러 사물"의 무리이면서,
"나, 혹은 나와 너"가 그 이름대로 사용하거나 교감하는 등의 관계성이 배제된 사물의 무리이다.

하지만, "여러 이름의 사물"로 만든 무리라는 특성은 사물의 의인화를 통해 이름을 부를 수 있다는것을 의미하므로, "우리의 대화" 안에서 "그 이름들"이 언급되면서 실체가 된 "그들(그것들)"은 "나"에 의해 사물의 의인화가 충분히 가능한 무리가 된다.

이 무리는 이제 사물과의 관계성(사용)외에도 사람과 이루는 관계성(나와 너와 말)까지 지닐 수 있게 되며, "나, 혹은 우리(나와 너)"는 시간과 공간을 초월하여 "그들(그것들)" 각각의 이름을 부를 수 있고 그 부르는 소리에 "그들(그것들)" 각각은 대답할 수 있게 된다.

대답을 한 그 사물들에 대하여, 나의 말은 너, 사물에게 들어갈 수 있고 너, 사물의 말은 나에게 들어올 수 있게 되면서, 대답을 한 각각의 사물들은 언제든지 지금 "나, 혹은 우리(나와 너)"와 마주 보며 한마음과 한뜻을 가지고 "같은 주제의 말"을 할 수 있고, "나"는 "우리"와 같은 "한 무리, 우리"로 만들 수 있게 된다.

그리고 사물의 의인화는 "나"에 의해 이루어지게 되면서 "나와 너"가 동시에 사물의 이름을 불렀을 때 "나와 너"가 동시에 대답을 듣기에 어려움이 따를 수 있지만, 사물의 의인화 안에서는, "여러 이름의 사물, 혹은 한 이름의 여러 사물"로 만든 "그들(그것들) they"의 경우에 "나" 개인적으로의 "우리"와, 어려움이 따르더라도 "우리(나와 너)"가 함께하는 "우리"를 다 만들 수 있게 된다.

즉, "여러 이름의 사물, 혹은 한 이름의 여러 사물"로 만들어진 "그들(그것들)"이 가지고 있는 한 공통점은, "말하는 나와 너"의 대화 안에 이름들이 언급되면서 만들어진 무리이며, 실제적으로 "사물"의 관계성(사용)이나 "사람"의 관계성(나와 너와 말)을 가질 수 없고 "이름"을 가지고 있다는 특수성 때문에 사물의 의인화가 가능한 무리인 것이다.

당장은 "나와 너"와 함께 "우리"가 될 수 없을지라도, 사물의 의인화를 통해 "나(너)"가 "그들(그것들)" 각각의 이름을 부르고 대답하게 될 때, "그것들" 모두, 혹은 몇몇은 "나, 혹은 나와 너"와 같은 "한 무리, 우리"가 될 가능성을 지니는 무리라는 것이다.

<"여러 이름의 사물들, 혹은 한 이름의 여러 사물들"로 만든 "그들(그것들) they"와 "사물의 의인화">
이 무리는 "우리"가 될 수 없는 사물의 무리일지라도, "나"의 의지가 있다면, "나"는 "그들(그것들)의 이름을 부를 수 있고 "그들(그것들)"은 대답할 수 있으며, 언제든지 "나와 너"의 관계성을 이룰 수 있다는 것을 의미한다.

곧, "나"는 이름을 부를 수 있는 "그들(그것들)"의 무리를 다스리면서, "우리"라는 관계성을 이루며 새로운 물질의 세계로 만들어 줄 수 있게 된다.

<사물 이름들의 "그들(그것들) they">
사물의 특성상 기본적으로, 이 무리는 "우리"가 되지 못하는 무리로서, 사물 이름의 경우에 "그들(그것들)"은, 지금 "말하고 있는 나와 너"와 마주 보고 대화하는 등의 관계성에서 벗어나 있고, 또한 관념적, 개념적, 물질적, 세 가지 사물의 이름이 포함되어 있는 "여러 이름의 사물들, 혹은 한 이름의 여러 사물들"에 대한 "그들(그것들)"이 된다.

"나의 문장" 안에서 "여러 이름의 사물, 혹은 한 이름의 여러 사물"로 만들어진 "한 무리, 그들(그것들)"의 존재적 의미는, "나가 우리의 대화 안에 등장해서 서로 같이 알게 되고 한 공통점도 발견하게 된 여러 이름의 사물을 '하나'로 묶어 '너'와 같이 부르기 위해 만든 무리"로서, "나"와 "너"가 같은 무리로 같이 인식하고 있는 "그들(그것들)"이 되면서 동시에 문장 안에서 동작의 주체가 될 수 있고 그 문장의 주어도 될 수 있는 것이다.

"사물 이름들"과 대명사 "그들(그것들) they"

곧, "나의 문장" 안에서 "여러 이름의 사물, 혹은 한 이름의 여러 사물"로 만들어진 "그들(그것들) they"의 무리는, "나"가 "우리(나와

너)의 대화"에 등장해서 서로 같이 알게 된 여러 이름의 사물, 혹은
한 이름의 여러 사물을 "너"와 같이 부르기 위해 "하나, 한 무리"로
만들어 줄 때 그 존재가 제시되고,
그 "하나, 한 무리"는 "나"와 "너"에게 "그들(그것들)"로 같이 인식된
"그때의 그 무리, 그들(그것들) they"가 된다.

이러한 존재성으로, 문장 안에서 "여러 이름의 사물, 혹은 한 이름의
여러 사물"로 만들어진 "그들(그것들) they"의 무리는 "그때의 그들
(그것들) they"로서 동작의 주체가 될 수 있고, 그 문장의 주어도 될
수 있으며, 그대로 대명사가 된다.

"나의 문장" 안에서 "여러 이름의 사물, 혹은 한 이름의 여러 사물"로
만들어진 "그들(그것들) they"의 무리는, "나"가 "우리의 대화에 등
장해서 서로 같이 알게 된 여러 이름의 사물, 혹은 한 이름의 여러 사
물"을 "한 무리"로 만들어 주면서 불러 줄 때 "나"와 "너"에게 한 존
재가 먼저 제시되고 같은 "그들(그것들)"로 같이 인식될 때마다 모
두 "그들(그것들) they"가 될 수 있어서, 결코 유일한 존재가 되지 않
는다.

2) "사물 이름들"과 "이것들"의 무리

"사물 이름들"과 "이것들"

"나"가 "나"와 여전히 가까운 거리에 모여 있으면서 각각의 이름과
한 공통점까지 잘 알고 있는 둘 이상 여러 이름의 사물, 혹은 한 이름
의 여러 사물을 지금 "우리"가 된 "너"에게 직접 가리켜서 보여주고,
서로 같은 존재들로 같이 인식하며 알게 될 때,
"나"는 곧바로 "나의 문장" 안에서 그 여러 이름의 사물, 혹은 한 이
름의 여러 사물"을 "하나"로 묶어 "너"와 같이 볼 수 있도록 "한 무

리"로 만들어 줄 수 있고, 그 무리는 "이것들"이 된다.

"여러 이름의 사물, 혹은 한 이름의 여러 사물"로 만들어진 "이것들"은, "나"가 "나"와 여전히 가까운 거리에 있고 각각의 이름을 잘 알고 있는 가운데, 아직도 "나"가 그 이름의 용도대로 사용하고 있으면서 "나"와 관계가 있는 사물의 무리로서,

이 무리 안에는, 이름을 가진 여러 사물이 들어 있지만 그것을 인지할 수 있는 사물 스스로의 생각이 존재하지 않기 때문에(사물은 생각할 수 없는 존재), 실제적으로 "말"이 존재하지 않고 사물 스스로가 사람처럼 서로의 이름을 부를 수 있다거나, 그 사물을 사용할 수 있는 사람이 존재하지 않으면서,

마주 보며 "말"을 주고받을 수 있는 "나"와 "너"가 존재하지 않고, 나"와 "너"가 같이 알고 부를 수 있는 "그것"도 존재하지 않으며, 그 안에서는 서로 뜻이 맞고 함께 같은 주제를 나누게 되는 "나와 너의 우리"와 그 "우리"가 같이 알고 있는 "그들"도 존재하지 않는다.

다만, "나"가 나와 가까운 거리에 모여 있는 여러 이름의 사물, 혹은 한 이름의 여러 사물로 "이것들"의 무리를 만들어서 지금 "우리"가 된 "너"에게 직접 가리켜 보여 준 다음에는, 오직 "나"가 "하나"로 묶어놓은 "한 무리, 이것들" 외에는 어떤 실체적 존재도 드러나지 않게 된다.

특히, "여러 이름의 사물, 혹은 한 이름의 여러 사물"로 만들어진 "이것들"은, "나"가 나와 가까운 거리에 모여 있는 여러 이름의 사물, 혹은 한 이름의 여러 사물을 "너"에게 보여주기 위해 일방적으로 만든 무리로서,

오로지 "우리"에서만 바라볼 수 있고, 알 수 있고, 부를 수 있는 대상이 되면서,
사물의 특성상, "여러 이름의 사물, 혹은 한 이름의 여러 사물"로 만들어진 "이것들" 안에는 "말하는 나", "나의 말을 듣는 너", "나와 너의 우리"가 존재하지 않는 고로, 지금 "말하고 있는 나와 너"와 마주 보며 한마음과 한뜻으로 같은 주제의 말을 하게 되는 "우리"의 무리를 만들 수 없게 된다.

그리고 "나"가 가까이 가리켜 지정한 여러 이름의 사물, 혹은 한 이름의 여러 사물로 만들어진 "이것들"은, "우리"와 마주 보며 서로 주고받을 수 있는 대상이 될 수 없어서, 그저 "이것들"로서 있게 된다.

"여러 이름의 사물"로 만든 "이것들 these"의 공통점

"여러 이름의 사물, 혹은 한 이름의 여러 사물"로 만든 "이것들 these"는 "나"와 여전히 가까운 거리에 모여져 있는 여러 사물의 무리이면서, 아직도 그 이름대로 "나, 혹은 우리(나와 너)"가 사용하고 교감하고 있는 관계성을 지닌 사물들의 무리이다.

하지만, "여러 이름의 사물"로 만든 무리라는 특성은 사물의 의인화를 통해 이름을 부를 수 있다는것을 의미하므로, "나"가 "너"에게 "그 이름들"을 언급하면서 보여 줄 때 실체가 된 "이것들"은 "나"에 의해 사물의 의인화가 가능하게 되며,
이제는 사물과의 관계성(사용)뿐만 아니라 사람과 이루는 관계성(나와 너와 말)도 똑같이 지니게 되는 무리로 될 수 있다.

사물의 의인화가 이루어지게 되면, 이 무리에 대하여, "나"가 각각 한 사물의 이름을 서로 불러주고 대답할 때, 나의 말은 너, 사물에게 들어갈 수 있고 너, 사물의 말은 나에게 들어올 수 있게 되면서, 그 안에서도 사물의 의인화를 통해 사람이 이룰 수 있는 모든 관계성이 시작될 수 있게 된다.

즉, "여러 이름의 사물, 혹은 한 이름의 여러 사물"로 만들어진 "이것들"이 가지고 있는 한 공통점은, "나, 혹은 우리(나와 너)"의 곁에 가까이 있어서 "나"가 "이것들"이라는 무리로 만들어 줄 수 있고, "나, 혹은 우리(나와 너)"가 "우리"가 될 수 없는 무리인 "사물들"로 만들어진 무리로서 "나"가 가까이에서 그 용도로 직접 사용하고 교감하며 실체로서 존재하는 "사물들"이지만.

이 무리는 "이름"을 가지고 있다는 특수성 때문에 사물의 의인화가 가능하게 되면서, 당장은 "나와 너"와 함께 "우리"가 될 수 없을지라도, 사물의 의인화를 통해 사람과 사물의 관계성(사용) 못지않게 사람과 사람의 관계성(나와 너와 말)도 이룰 수 있게 되는 무리인 것이다.

사물의 의인화를 통해, 그 안에서 "나"가 각각 사물의 이름을 부르고 대답하게 될 때 "나"와 "너, 사물"의 대화(말)가 시작되면서 "나", "너", "그", "우리", "그들"의 모든 개체와 무리에 대한 관계성이 시작될 수 있는 무리라는 것이다.

<"여러 이름의 사물들, 혹은 한 이름의 여러 사물들"로 만든 "이것들 these"와 "사물의 의인화">

이 무리는 "우리"가 될 수 없는 사물의 무리일지라도, "나"의 의지가 있다면, "나"는 "이것들"의 이름을 부를 수 있고 "이것들"은 대답할 수 있으며, 언제든지 모든 개체와 무리에 대한 관계성을 이룰 수 있다는 것을 의미한다.

곧, "나"는 이름을 부를 수 있는 "이것들"의 무리를 직접 다스리면서, 이 무리를 새로운 개체와 무리의 관계성을 지닌 물질의 세계로 만들어 줄 수 있게 된다.

<"나"가 지정한 사물 이름들의 "이것들 these">
사물의 특성상 기본적으로, "이것들"은 "우리"가 되지 못하는 무리로서,
"나"와 가까이 있는 이 무리를 그 무리 밖에서 "나"가 지금 함께 "우리"가 된 "너"에게 직접 가리켜 보여줄 때, 바로, "이것들"로 부를 수 있게 되고,
마찬가지로, "우리(나와 너)"와 가까이 있는 이 무리를 그 무리 밖에서 "우리(나와 너)"가 지금 서로에게 직접 가리키면서 보여줄 때도, 바로, "이것들"로 부를 수 있게 된다.

만약, 사물의 의인화로 "나, 혹은 우리(나와 너)"가 "이것들" 각각의 이름을 불러주고 대답하게 된다면, "이것들"은 지금 "우리의 말"에 귀 기울여 들을 수 있고 마주 보며 한마음과 한뜻을 가지고 같은 주제의 말을 할 수 있게 되면서 역시 "우리"와 함께 다시 같은 "한 무리, 우리"가 될 수 있다.

"나의 문장" 안에서 "여러 이름의 사물, 혹은 한 이름의 여러 사물"로 만들어진 "한 무리, 이것들"의 존재적 의미는, "나가 나와 여전히 가까운 거리에 있고 각각의 이름과 한 공통점까지 잘 알고 있는 그 여러 사물을 '하나'로 묶어 '너'에게 보여주기 위해 만든 무리"로서, "나"만 알고 있는 여러 이름의 사물, 혹은 한 이름의 여러 사물이 이제는 "나"와 "너"가 "같은 무리로 같이 인식하고 있는 "이것들"이 되면서 동시에 문장 안에서 동작의 주체가 될 수 있고 그 문장의 주어도 될 수 있는 것이다.

"사물 이름들"과 대명사 "이것들 these"

곧, "나의 문장" 안에서 "여러 이름의 사물, 혹은 한 이름의 여러 사물"로 만들어진 이것들 "these"의 무리는, "나"가 나와 여전히 가까운 거리에 있고 각각의 이름을 잘 알고 있는 그 여러 사물을 지금 "우리"가 된 "너"에게 직접 가리켜 보여주기 위해 "하나, 한 무리"로 만들어 줄 때 그 존재가 제시되고,
그 "하나, 한 무리"는, "나"와 "너"가 같이 보는 동시에 사람과 사물의 구분이 가능하게 되면서 "나"와 "너"에게 "이것들"로 같이 인식된 "그때의 그 무리, 이것들 these"가 된다.

이러한 존재성으로, 문장 안에서 "여러 이름의 사물, 혹은 한 이름의 여러 사물"로 만들어진 "이것들 these"의 무리는 "그때의 이것들 these"로서 동작의 주체가 될 수 있고, 그 문장의 주어도 될 수 있으며, 그대로 대명사가 된다.

"나의 문장" 안에서 "여러 이름의 사물, 혹은 한 이름의 여러 사물"로 만들어진 "이것들 these"의 무리는, "나"가 "나와 여전히 가까운 거리에 있고 각각의 이름을 잘 알고 있는 그 여러 이름의 사물, 혹은 한 이름의 여러 사물"을 지정하여 만든 "한 무리"를 지금 "우리"가 된

"너"에게 보여줄 때 "나"와 "너"에게 한 존재가 먼저 제시되고 같은 "이것들"로 같이 인식될 때마다 모두 "이것들 these"가 될 수 있어서, 결코 유일한 존재가 되지 않는다.

"사물 이름들"의 "이것들 these"와 대명사 "그것들 they"

문장 안에서 "나"가 지정한 여러 이름의 사물, 혹은 한 이름의 여러 사물로 만들어진 "이것들 these"가 동작의 주체이자 그 문장의 주어로서 먼저 제시되고, "이것들 these"가 지금 "나와 너"와 함께 같은 "우리"로 될 수 없고 그저 "이것들 these"로 있게 되면, "이것들 these"는 이제 "우리"에게 같은 여러 이름의 사물, 혹은 한 이름의 여러 사물의 "한 무리"로 같이 인식된 "그때의 그 무리, 그들 이hey"가 된다.

"이것들 these"로서 "우리"에게 같은 부류의 무리로 같이 인식된 "그들 they"는 그 존재성으로 다음 문장에서 다시 "그때의 그 무리 they"로서 동작의 주체가 될 수 있고, 그 문장의 주어도 될 수 있으며, 그대로 대명사가 된다.

이렇듯, 문장 안에서 "나"가 지정한 여러 이름의 사물, 혹은 한 이름의 여러 사물로 만들어진 "이것들 these"의 무리가 "우리 we"의 무리로 될 수 없는 경우는, "these"가 먼저 제시되고 다음 문장에서 "우리"가 같이 알게 된 같은 부류의 "한 무리"로 될 때, 바로 "they"가 되는 것이다.

3) "사물 이름들"과 "저것들"의 무리

"사물 이름들"과 "저것들"

"나"가 "나"와 이젠 멀리 떨어진 거리에 모여 있지만 이미 각각의 이름과 한 공통점까지 잘 알고 있었던 둘 이상 여러 이름의 사물, 혹은 한 이름의 여러 사물을 지금 "우리"가 된 "너"에게 직접 가리켜 보여주고, 서로 같은 존재들로 같이 인식하며 알게 될 때, "나"는 곧바로 "나의 문장" 안에서 그 여러 이름의 사물, 혹은 한 이름의 여러 사물"을 "하나"로 묶어 "너"와 같이 볼 수 있도록 "한 무리"로 만들어 줄수 있고, 그 무리는 "저것들"이 된다.

"여러 이름의 사물, 혹은 한 이름의 여러 사물"로 만들어진 "저것들"은, "나"가 이젠 멀리 떨어져 있게 되었지만, "나"와 가까이 있었을 때 이미 각각의 이름을 잘 알고 있었던 가운데, 이전에 "나"가 각각 한 사물을 그 이름의 용도대로 사용했었고 "나"와 관계가 있었던 사물의 무리로서,
("나"와 "저것, 저 사람, 저들, 저것들"사이에는 항상 물리적(시간, 거리)인 간격이 있으므로, 특별히 그 사람이나 사물의 이름들을 알고 있을 경우에는 다시 "나와 너"로서 교감하고자 한다면, 사람은 이름을 부르면서, 사물은 의인화를 통해서라도 가능한 일이 되겠지만, 이때는 거기에 반한 물리적(시간, 거리, 물질의 작용)인 노력이 꼭 필요하게 된다.)

이 무리 안에는, 이름을 가진 여러 사물이 들어 있지만 그것을 인지할 수 있는 사물 스스로의 생각이 존재하지 않기 때문에(사물은 생각할 수 없는 존재), 실제적으로 "말"이 존재하지 않고 사물 스스로가 사람처럼 서로의 이름을 부를 수 있다거나, 그 사물을 실제로 사

용할 수 있는 사람이 존재하지 않으면서,

마주 보며 "말"을 주고받을 수 있는 "나"와 "너"가 존재하지 않고, 나"와 "너"가 같이 알고 부를 수 있는 "그것"도 존재하지 않으며, 그 안에서는 서로 뜻이 맞고 함께 같은 주제를 나누게 되는 "나와 너의 우리"와 그 "우리"가 같이 알고 있는 "그들"도 존재하지 않는다.

다만, "나"가 "나와 멀리 떨어진 거리에 모여 있는 여러 이름의 사물, 혹은 한 이름의 여러 사물"로 "저것들"의 무리를 만들어 지금 "우리" 가 된 "너"에게 직접 가리켜 보여 준 다음에는, 오직 "나"가 "하나"로 묶어놓은 "한 무리, 저것들" 외에는 어떤 실체적 존재도 드러나지 않게 된다.

특히, "여러 이름의 사물, 혹은 한 이름의 여러 사물"로 만들어진 "저 것들"은, "나"가 나와 멀리 떨어진 거리에 모여 있는 여러 이름의 사물, 혹은 한 이름의 여러 사물을 "너"에게 보여주기 위해 일방적으로 만든 무리로서,
오로지 "우리"에서만 바라볼 수 있고 알 수 있고, 부를 수 있는 대상 이 되면서,

사물의 특성상, "여러 이름의 사물, 혹은 한 이름의 여러 사물"로 만 들어진 "저것들" 안에는 "말하는 나", "나의 말을 듣는 너", "나와 너 의 우리"가 존재하지 않는 고로, 지금 "말하고 있는 나와 너"와 함께 마주 보며 한마음과 한뜻으로 "같은 주제의 말"을 하게 되는 "우리" 의 무리를 만들 수 없게 된다.

그리고 "나가 멀리 가리켜서 지정한 여러 이름의 사물, 혹은 한 이름 의 여러 사물"로 만들어진 "저것들"은, "우리"와 마주 보며 서로 주

고받을 수 있는 대상이 될 수 없어서, 그저 "저것들"로서 있게 된다.

> ## "여러 이름의 사물"로 만든 "저것들 those"의 공통점
>
> "여러 이름의 사물, 혹은 한 이름의 여러 사물"로 만든 "저것들 those"는 "나"와 이젠 멀리 떨어진 거리에 모여져 있는 여러 사물의 무리이면서, 이전에 그 이름대로 "나, 혹은 우리(나와 너)"가 사용하고 교감하면서 관계성을 가졌던 사물들의 무리이다.
>
> 하지만, "여러 이름의 사물"로 만든 무리라는 특성은 사물의 의인화를 통해 이름을 부를 수 있다는것을 의미하므로, "나"가 "너"에게 "그 이름들"을 언급하면서 보여 줄 때 실체가 되었던 "저것들"은 이전에 "나"에 의해 사물의 의인화가 가능했었으며, 그때는 사물과의 관계성(사용)뿐만 아니라 사람과 이루는 관계성(나와 너와 말)도 똑같이 지닐 수 있었던 무리였다.
>
> 그 당시에 이 무리에게 사물의 의인화가 이루어졌었다면, "나"가 각각 한 사물의 이름을 서로 불러주고 대답했을 때, 나의 말은 너, 사물에게 들어갈 수 있었고 너, 사물의 말은 나에게 들어올 수 있었고 그 안에서도 사물의 의인화를 통해 사람이 이룰 수 있는 모든 관계성을 가졌던 무리였기도 하다. 지금은 다만 "나"와 멀리 떨어져 있을 뿐인 것이다.
>
> 즉, "여러 이름의 사물, 혹은 한 이름의 여러 사물"로 만들어진 "저것들"이 가지고 있는 한 공통점은, 이전에 "나, 혹

은 우리(나와 너)"와 가까운 거리에 있었을 때 "나"가 "이것들"이라는 무리로 만들어 줄 수 있었고, "나, 혹은 나와 너"와 "우리"가 될 수 없는 무리인 "사물들"로 만들어진 무리로서 "나"와 멀리 떨어져 있기 전에 가까이에서 그 용도로 직접 사용했고 교감했으며 실체로서 존재했던 "사물들"이었지만,
이 무리는 "이름"을 가지고 있다는 특수성 때문에 사물의 의인화가 가능했었고 사람과 사물의 관계성(사용) 못지않게 사람과 사람의 관계성(나와 너와 말)도 이룰 수 있었던 무리였다는 것이다.

사물의 의인화를 통해, 그 안에서 "나"가 각각 사물의 이름을 불러 대답했을 때 "나"와 "너"의 대화(말)가 시작됐고 "나", "너", "그", "우리", "그들"의 모든 개체와 무리에 대한 관계성도 가졌던 무리였으며, 지금은 다만 "나"와 멀리 떨어져 있을 뿐이다.

비록 "나"와 멀리 떨어져 있더라도 이 무리에게 사물의 의인화를 이루게 되면 물리적 어려움도 초월하면서, 현재도 과거처럼, 지금 "나"는 "너, 사물 이름"을 불러주고 그 사물은 "너"로서 대답할 수 있고, "나"와 "너"의 대화가 시작되면서 "나", "너", "그", "우리", "그들"의 모든 개체와 무리에 대한 관계성이 시작될 수 있는 무리이기도 하다.

<"여러 이름의 사물들, 혹은 한 이름의 여러 사물들"로 만든 "저것들 those"와 "사물의 의인화">
이 무리는 "우리"가 될 수 없는 사물의 무리일지라도, "나"

의 의지가 있다면, "나"는 "저것들"의 이름들을 부를 수 있고 "저것들"은 대답할 수 있으며, 언제든지 모든 개체와 무리에 대한 관계성을 다시 이룰 수 있다는 것을 의미한다.

곧, "나"는 이름을 부를 수 있는 "저것들"의 무리를 다시 직접 다스리면서, 이 무리를 새로운 개체와 무리의 관계성을 지닌 물질의 세계로 다시 만들어 줄 수 있게 된다.

<"나"가 지정한 사물 이름들의 "저것들 those">

사물의 특성상 기본적으로, "저것들"은 "우리"가 되지 못하는 무리로서,
"나"와 멀리 떨어져 있는 저 무리를 그 무리 밖에서 "나"가 지금 "우리"가 된 "너"에게 직접 가리켜서 보여줄 때, 바로, "저것들"로 부를 수 있게 되고,
마찬가지로, "우리(나와 너)"와 멀리 떨어져 있는 저 무리를 그 무리 밖에서 "우리(나와 너)"가 지금 서로에게 직접 가리켜서 보여줄 때도, 바로, "저것들"로 부를 수 있게 되며,

만약, 사물의 의인화로 "나, 혹은 나와 너"가 "저것들" 각각의 이름을 불러주고 대답을 하게 된다면, "저것들"은 지금 "우리의 말"을 귀 기울여 들을 수 있고 마주 보며 한마음과 한뜻을 가지고 "같은 주제의 말"을 할 수 있게 되면서 역시 "우리"와 함께 다시 같은 "한 무리, 우리"가 될 수 있다.

그리고 사물의 의인화는 물리적 어려움을 초월할 수 있으므로, 언제든지 "나, 혹은 우리(나와 너)"가 "저것들" 각각의 이름을 불러줄 때 대답하게 된다면, "우리"와 "저것들"은 마

주 보며 같은 주제의 말을 할 수 있는 가능성을 가지게 되고, "나"는 "우리"와 함께 다시 같은 "한 무리, 우리"로 만들어 줄 수 있게 된다.

"나의 문장" 안에서 "여러 이름의 사물, 혹은 한 이름의 여러 사물"로 만들어진 "한 무리, 저것들"의 존재적 의미는, "나가 나와 이젠 멀리 떨어진 거리에 있지만 이미 각각의 이름과 한 공통점까지 잘 알고 있었던 그 여러 사물을 '하나'로 묶어 '너'에게 보여주기 위해 만든 무리"로서, "나"만 알고 있던 여러 이름의 사물, 혹은 한 이름의 여러 사물이 이제는 "나"와 "너"가 같은 무리로 같이 인식하고 있는 "저것들"이 되면서 동시에 문장 안에서 동작의 주체가 될 수 있고 그 문장의 주어도 될 수 있는 것이다.

"사물 이름들"과 대명사 "저것들 those"

곧, "나의 문장" 안에서 "여러 이름의 사물, 혹은 한 이름의 여러 사물"로 만들어진 "저것들 those"의 무리는, "나"가 나와 이젠 멀리 떨어진 거리에 있지만 각각의 이름을 잘 알고 있는 그 여러 사물을 지금 "우리"가 된 "너"에게 직접 가리켜 보여주기 위해 "하나, 한 무리"로 만들어 줄 때 그 존재가 제시되고,
그 "하나, 한 무리"는, "나"와 "너"가 같이 보는 동시에 사람과 사물의 구분이 가능하게 되면서 "나"와 "너"에게 "저것들"로 같이 인식된 "그때의 그 무리, 저것들 those"가 된다.

이러한 존재성으로, 문장 안에서 "여러 이름의 사물, 혹은 한 이름의 여러 사물"로 만들어진 "저것들 those"는 "그때의 저것들 those"로

서 동작의 주체가 될 수 있고, 그 문장의 주어도 될 수 있으며, 그대로 대명사가 된다.

"나의 문장" 안에서 "여러 이름의 사물, 혹은 한 이름의 여러 사물"로 만들어진 "저것들 those"의 무리는, "나"가 "나와 이젠 멀리 떨어져 있지만 이미 각각의 이름을 잘 알고 있던 그 여러 이름의 사물, 혹은 한 이름의 여러 사물"을 지정하여 만든 "한 무리"를 지금 "우리"가 된 "너"에게 보여줄 때 "나"와 "너"에게 한 존재가 먼저 제시되고 같은 "저것들"로 같이 인식될 때마다 모두 "저것들 those"가 될 수 있어서 결코 유일한 존재가 되지 않는다.

"사물 이름들"의 "저것들 those"와 대명사 "그것들 they"

문장 안에서 "나"가 지정한 여러 이름의 사물, 혹은 한 이름의 여러 사물로 만들어진 "저것들 those"가 동작의 주체이자 그 문장의 주어로서 먼저 제시되고, "저것들 those"가 지금 "나와 너"와 함께 같은 "우리"로 될 수 없고 그저 "저것들 those"로 있게 되면, "저것들 those"는 이제 "우리"에게 같은 "여러 이름의 사물, 혹은 한 이름의 여러 사물"의 "한 무리"로 같이 인식된 "그때의 그 무리, 그들 they"가 된다.

"저것들 those"로서 "우리"에게 같은 부류의 무리로 같이 인식된 "그들 they"는 그 존재성으로 다음 문장에서 다시 "그때의 그들 they"로서 동작의 주체가 될 수 있고, 그 문장의 주어도 될 수 있으며, 그대로 대명사가 된다.

이렇듯 문장 안에서 "나"가 지정한 여러 이름의 사물, 혹은 한 이름의 여러 사물로 만들어진 "저것들 those"의 무리가 "우리 we"의 무리로 될 수 없는 경우는, "those"가 먼저 제시되고 다음 문장에서 "우리"가 같이 알게 된 같은 부류의 "한 무리"로 될 때, 바로 "they"가 되는 것이다.

8. "우리 we", "너희 you", "그들(그것들) they", "이들, 이것들 these", "저들, 저것들 those", "사물 이름들"의 실체로서의 존재

즉, 무리는 "말하는 나 I"가 "나의 말을 듣고 받아들이는 너 you"를 보고 "나와 너의 우리 we"를 만들어 주면서 시작되고,

"우리 we"는 또 다른 "우리의 말을 듣고 받아들이는 너 you", 혹은 "우리의 말을 듣고 받아들이는 너희(나의 말을 듣고 받아들이는 여럿을 '하나'로 묶어서 만든 무리) you"와 함께 다시 같은 "한 무리, 우리 we"를 만들어 줄 수 있다.

"우리(나와 너) we"는, 처음부터 "우리(나와 너)"와 함께 "우리"가 될 수 있는 관계성이 배제된 채로 "그들(그것들) they"의 무리도 만들어 줄 수 있고, 또, "나 I"는 "너, 혹은 너희 you"에게 직접 가리켜 보여 주려고 만든 "이들 these"와 "저들 those"의 무리를 지금 "우리(나와 너) we"와 다시 같은 "한 무리, 우리 we"로 만들어 줄 수 있으며, 그 "이들 these"과 "저들 those"를 같은 "우리"로 만들지 못하는 경우에는 다시 "그들(그것들) they"의 무리로 만들어 줄 수 있다.

처음부터 "우리"가 될 수 없는 관계로 만들어진 사물의 "이것들", "저것들", "그것들", "사물의 이름들"은 그저 사람과 사물의 구분 없이 동일하게 "these", "those", "they"로 있게 되지만, 단, 예외적으로, 사물의 의인화가 될 때는 사물로서만 머물지 않게 된다.

모든 무리는, "나와 너 we"가 같이 아는 상태에서, "나 I"가 "나의 문장"안에서 먼저 "우리 we"를 만들고 나서, "너희 you", "이들, 이것들 these", "저들, 저것들 those", "사물 이름의 무리"를 만들어 줄 수 있고, 그 무리들은 "나 I", 혹은 "나와 너 we"로 인해 "우리"가 될 수 있는 무리와 "우리"가 될 수 없는 무리로 다시 분류되어진다.

곧, "여럿"을 "하나"로 만든 "무리"는 그렇게 실체로서 존재할 수 있게 되는 것이다.

제7강 복수 주체의
인칭과 주어

제7강 복수 주체의 인칭과 주어

1. "우리 we"

"우리 we"는 "나 I"가 나의 생각을 "너 you"에게 말하고 "너"가 나와 같은 생각을 가지고 한목소리로 같은 주제를 갖게 될 때 드러나는 존재이다.

문장 안에서 주체 "우리 we"는 "나 I"로 시작되었을지라도 "너 you"와 함께 "하나"의 무리를 만들게 되면서 "나 I"의 입장이 아닌 "너 you"("나"이지만 "너"도 되면서)의 입장에 서면서 "나 I"의 다음으로 두 번째이자 바로 2인칭이 되고, 그 문장의 주어로 쓸 때 그대로 2인칭 주어가 된다.

2. "너희 you"

"너희 you"는 "나, 혹은 우리의 말"을 듣고 받아들이는 한 공통점을 갖게 될 때 드러나는 존재이다.

문장 안에서 주체 "너희 you"는 "나, 혹은 우리의 말을 경청하고 있는 여럿을 '하나'로 묶어 만든 무리"로서 "나 I"의 다음으로 두 번째이자 바로 2인칭이 되고, 그 문장의 주어로 쓸 때 그대로 2인칭 주어가 된다.

3. "그들(그것들) they"

"그들(그것들) they"는 여러 사람이나 사물이 같은 공통점을 가지고 "하나"로 모여 있을 때 드러나는 존재이다.

문장 안에서 주체 "그들, 그것들 they"는 사람, 사물을 떠나서 "나, 혹은 우리의 말을 듣고 있지 않더라도, '나'가 일방적으로 그 여럿의 존재를 알고 '하나'로 묶어 만든 무리"로서 "나 I"의 다음으로 두 번째이자 바로 2인칭이 되고, 그 문장의 주어로 쓸 때 그대로 2인칭 주어가 된다.

4. "이들, 이것들 these"와 "저들, 저것들 those"

"이들, 이것들 these"는 "나 I"가 "나"의 곁에 가까이 있으면서 하나의 공통점을 알고 있는 여러 사람과 사물을 각각 지정하여 "하나"로 묶고, "너 you"에게 보여줄 때 "나와 너 we"에게 같이 드러나는 존재이며,

"저들, 저것들 those"는 "나 I"가 "나"의 곁에서 멀리 떨어져 있으면서 하나의 공통점을 알고 있는 여러 사람과 사물을 각각 지정하여 "하나"로 묶고, "너 you"에게 보여줄 때 "나와 너 we"에게 같이 드러나는 존재이다.

문장 안에서 주체 "이들, 이것들 these"와 "저들, 저것들 those"은 사람과 사물을 떠나서 "나, 혹은 우리의 말을 듣고 있지 않더라도, '나'가 일방적으로 그 여럿의 존재를 알고 '하나'로 묶어 만든 무리"로서 "나 I"의 다음으로 두 번째이자 바로 2인칭이 되고, 그 문장의 주어로 쓸 때 그대로 2인칭 주어가 된다.

5. "사람 이름들"과 "사물 이름들"

"사람 이름들"은 여러 이름의 인물이 한 공통점을 가지고 "하나"로 모여 있을 때, "사물 이름들"은 여러 이름의 사물이 한 공통점을 가지고 "하나"로 모여 있을 때 드러나는 존재이다.

문장 안에서 주체 "사람 이름들"과 "사물 이름들"은 사람, 사물을 떠나서 '나'가 일방적으로 그 이름의 인물들과 그 이름의 사물들을 '하나'로 묶어 만든 무리"로서 "나 I"의 다음으로 두 번째이자 바로 2인칭이 되고, 그 문장의 주어로 쓸 때 그대로 2인칭 주어가 된다.

6. 모든 복수 주체 단어 "우리 we", "너희 you", "그들(그것들) they", "이 사람들, 이것들 these", "저 사람들, 저것들 those", "사물 이름들"

문장 안에서 "나 I"가 "너 you"와 함께 "우리 we"를 만들어서 부를 때, "나 I"가 만든 무리 "우리 we"를 시작으로, "우리의 문장" 안에서 "나 I"로 인해 "너희 you", "그들(그것들) they", "이들, 이것들 this", "저들, 저것들 that", "사물 이름들"의 모든 무리도 같이 만들어지고 존재할 수 있게 된다.

"우리의 문장" 안에서 "나 I"는 여럿이나 한 존재에 대하여 어떤 무리에든 다 속하게 만들 수 있으면서,

결국, 문장 안에는 "나"와 "무리"가 함께 공존할 수 있게 되고, 주어로 쓰게 될 때는 "나 I"의 다음으로 두 번째이자 바로 2인칭으로서 그곳에 있게 되는 것이다.

제8강 한 공간에서 복수 주체와 그 2인칭 주어의 실례

제8강 한 공간에서 복수 주체와 그 2인칭 주어의 실례

1. "우리"와 2인칭 주어

지금 "말하는 나 John"이 "나의 말을 듣는 너 Jenny"와 서로 마주 보며 "같은 주제의 말"을 하게 된다면, John과 Jenny는 같은 부류의 "한 무리"로서 같이 인식된 "우리"가 되어 "나와 너의 문장" 안에서 "그때의 우리 we"로 동작의 주체가 될 수 있고, 그 문장의 2인칭 주어도 될 수 있다.

또, "말하는 나 Tom"이 가까이에서 "나의 말을 듣는 Amy"와 서로 마주 보며 "같은 주제의 말"을 하게 된다면, Tom과 Amy는 같은 부류의 "한 무리"로서 같이 인식된 "우리"가 되어 "나와 너의 문장" 안에서 "그때의 우리 we"로 동작의 주체가 될 수 있고, 그 문장에서 2인칭 주어도 될 수 있다.

여기에 있는 누구든지 "말하는 나"와 "나의 말을 듣고 같은 주제를 갖게 된 너"가 존재하게 된다면, "지금 말하는 나"에 의해서, "너"는 "나"와 함께 "한 무리, 우리"로 만들어질 수 있고, "우리"는 지금 "나와 너의 문장" 안에서 "그때의 우리 we"로 동작의 주체가 될 수 있고, 그 문장의 2인칭 주어도 될 수 있다.

2. "우리", "너희"와 2인칭 주어

"말하는 나 John"과 "우리"가 된 "Jenny"가 서로 마주 보며 "같은 주제의 말"을 하고 있을 때, Tom과 Amy가 그 "말"에 귀 기울이며 경청하는 것을 "우리 John과 Jenny"가 보고 알게 된다면, "우리 John과 Jenny"에게 "Tom과 Amy"는 같은 "한 무리"로 같이 인식된 "너희"가 되어 "나와 너의 문장" 안에서 "그때의 너희 you"로 동작의 주체가 될 수 있고, 그 문장의 2인칭 주어도 될 수 있다.

그리고 "우리 John과 Jenny"와 "너희 Tom과 Amy"가 서로 마주 보며 "같은 주제의 말"을 하게 된다면, "우리 John과 Jenny"와 "너희 Tom과 Amy"는 함께 같은 부류의 "한 무리"로서 같이 인식된 "우리"가 될 수 있고, 다음 "우리의 문장" 안에서 "그때의 우리 we"로 동작의 주체가 될 수 있으며, 그 문장의 2인칭 주어도 될 수 있다.

"John"이 앞에 서서 교실에 있는 Jenny, Tom, Amy, Eddy, Billy를 모두 시야에 두면서 말하고 있을 때 모두가 귀 기울이며 경청하는 것을 "말하는 나 John"이 보고 알게 된다면, "나 John"에게 그 "모두"는 같은 "한 무리"로 같이 인식된 "너희"가 되어 "나의 문장" 안에서 "그때의 너희 you"로 동작의 주체가 될 수 있고, 그 문장의 2인칭 주어도 될 수 있다.

이어서 "말하는 나 John"과 "너희 Jenny, Tom, Amy, Eddy, Billy"가 서로 마주 보며 "같은 주제의 말"을 하게 된다면, "나 John"과 "너희" 모두는 함께 같은 부류의 "한 무리"로서 같이 인식된 "우리"가 될 수 있고, 다음 "우리의 문장" 안에서 "그때의 우리 we"로 동작의 주체가 될 수 있으며, 그 문장의 2인칭 주어도 될 수 있다.

잠시 후 Ann이 들어오고, 비록 Ann이 그 교실에 늦게 왔을지라도, "우리의 말"에 귀 기울이며 경청하고 있는 것을 "우리"가 보고 알게 된다면, "우리"에게 그 "Ann"은 같은 존재로 같이 인식된 "너"가 되어 "우리의 문장" 안에서 "그때의 너 you"로 동작의 주체가 될 수 있고, 그 문장의 2인칭 주어도 될 수 있다,

이어서 "우리"와 "너 Ann"이 서로 마주 보며 "같은 주제의 말"을 하게 된다면, "우리"와 "너 Ann"은 함께 같은 부류의 "한 무리"로서 같이 인식된 "우리"가 될 수 있고, 다음 "우리의 문장" 안에서 "그때의 우리 we"로 동작의 주체가 될 수 있으며, 그 문장의 2인칭 주어도 될 수 있다.

3. "그들(그것들)"과 2인칭 주어

"그들"

"우리 John과 Jenny"의 문장 안에서 남성인 Tom과 Eddy, 여성인 Jane이 등장해서 "우리"가 같이 알게 되었고, 그 남녀들에게서 실제적으로 "우리 John과 Jenny와 마주 보며 대화를 할 수 없는" 공통점을 발견하게 된다면,

그 남녀들은 "우리 John과 Jenny"에게 같은 "한 무리"로 같이 인식된 "그들"이 될 수 있고, 다음 "우리의 문장" 안에서 "그때의 그들 they"로 동작의 주체가 될 수 있으며, 그 문장의 2인칭 주어도 될 수 있다.

"우리 John과 Jenny"는 한때 이 교실에 있는 Tom, Amy, Eddy, Billy, Ann 모두와 서로 마주 보며 "같은 주제의 말"을 주고받았던 "우리"였지만, 지금은 "John과 Jenny"만 "우리"가 되었다면,

나머지 남녀들은 "우리 John과 Jenny"에게 같은 부류의 "한 무리"로 같이 인식된 "그들"이 될 수 있고, 다음 "우리의 문장" 안에서 "그때의 그들 they"로 동작의 주체가 될 수 있으며, 그 문장의 2인칭 주어도 될 수 있다.

"그것들"

"우리 John과 Jenny"의 문장 안에서 pencil(연필) 여러 개가 언급되어서 "우리"가 같이 알게 되었고, 그 사물에서 실제적으로 "우리 John과 Jenny와 대면하며 대화할 수 없는" 공통점을 발견하게 된다면,

그 사물들은 "우리 John과 Jenny"에게 같은 "한 무리"로 같이 인식된 "그것들"이 될 수 있고, 다음 "우리의 문장" 안에서 "그때의 그것들 they"로 동작의 주체가 될 수 있으며, 그 문장의 2인칭 주어도 될 수 있다.

"우리 John과 Jenny"의 문장 안에서 "pencil, 혹은 pencils(연필, 혹은 연필들)", "book, 혹은 books(책, 혹은 책들)", "ruler, 혹은 rulers(자, 혹은 자들)"등등 여러 종류의 사물과 한 종류의 여러 사물이 언급되어 "우리"가 같이 알게 되었고, 그 사물에서 실제적으로 "우리 John과 Jenny와 대면하며 대화할 수 없는" 공통점을 발견하게 된다면,

그 사물들은 "우리 John과 Jenny"에게 같은 "한 무리"로 같이 인식된 "그것들"이 될 수 있고, 다음 "우리의 문장" 안에서 "그때의 그것들 they"로 동작의 주체가 될 수 있으며, 그 문장에서 2인칭 주어도 될 수 있다.

4. "이들, 이것들", "저들, 저것들"과 2인칭 주어

"이들"

"나 John"이 "Tom, Amy, Eddy, Billy, Ann"과 "우리"로서 같이 있을 때 같은 교실에 있는 Jenny가 "나 John"에게 와서 인사를 하며 대화를 시작하게 된다면, "말하는 나 John"과 "나의 말을 듣고 받아들이고 있는 너 Jenny"는 새롭게 "우리"가 될 수 있으며,

그리고 "말하는 나 John"이 가까이에서 아직도 "우리"로서 같이 있는 Tom, Amy, Eddy, Billy, Ann을 "너 Jenny"에게 직접 가리켜 소개하게 된다면, "나 John"은 그 사람들을 "한 무리, 이들"로 묶어서 "너 Jenny"에게 보여줄 수 있게 된다.

"이들"은 지금 "우리 John과 Jenny"에게 같은 "한 무리"로 같이 인식될 수 있고, "우리의 문장" 안에서 "그때의 이들 these"로 동작의 주체가 될 수 있으며, 그 문장의 2인칭 주어도 될 수 있다.

이어서 "우리 John과 Jenny"의 소리를 "그때의 이들" 모두 "Tom, Amy, Eddy, Billy, Ann", 혹은 몇몇 "Tom, Amy"가 듣고 "우리 John과 Jenny"와 서로 마주 보며 "같은 주제의 말"을 하게 된다면,

"우리"와 "그때의 이들" 모두, 혹은 몇몇 "Tom, Amy"는 함께 같은 부

류의 "한 무리"로서 같이 인식된 "우리"가 될 수 있고, 다음 "우리의 문장" 안에서 "그때의 우리 we"로 동작의 주체가 될 수 있으며, 그 문장의 2인칭 주어도 될 수 있다.

"우리 John과 Jenny"의 소리를 "그때의 이들" 모두 "Tom, Amy, Eddy, Billy, Ann", 혹은 몇몇 "Tom, Amy"를 제외한 그 나머지 "Eddy, Billy, Ann"이 듣게 되었더라도 공감하지 못하게 되었거나, 아예 다른 소리로 들려지게 되었다면,

"그때의 이들" 모두, 혹은 그 "Eddy, Billy, Ann"은 "우리 John과 Jenny"와 서로 같은 주제를 갖지 못하게 되면서 "우리 John과 Jenny"에게 같은 "한 무리"로 같이 인식된 "그들"이 될 수 있고, 다음 "우리의 문장" 안에서 "그때의 그들 they"로 동작의 주체가 될 수 있으며, 그 문장의 2인칭 주어도 될 수 있다.

"이것들"

"우리 John과 Jenny"가 서로 대화하면서, "말하는 나 John"이 아직도 자신의 책상에 놓인 pencil(연필) 두 자루와 book(책) 한 권과 ruler(자) 세 개를 "나 John의 말을 듣고 있는 너 Jenny"에게 직접 가리켜 보여주고자 한다면, "나 John"은 "너 Jenny"에게 그 사물들을 "이것들"로 묶어서 보여줄 수 있게 된다.

"이것들"은 "우리 John과 Jenny"에게 같은 "한 무리"로 같이 인식될 수 있고, "우리의 문장" 안에서 "그때의 이것들 these"로 동작의 주체가 될 수 있으며, 그 문장의 2인칭 주어도 될 수 있다.

이어서, "우리 John과 Jenny"와 서로 마주 보며 "같은 주제의 말"을 하지 못하는 대상으로서의, "그때의 이것들"은 "우리 John과 Jenny"에게 같은 "한 무리"로 같이 인식된 "그것들"이 될 수 있고, 다음 "우리의 문장" 안에서 "그때의 그들 they"로 동작의 주체가 될 수 있으며, 그 문장의 2인칭 주어도 될 수 있다.

"저들"

이전에 "나 John"이 "Tom, Amy, Eddy, Billy, Ann"과 "우리"로서 같이 있었지만 지금은 "John" 자신만 멀찍이 떨어져 있는 사이에, 같은 교실에 있는 Jenny가 John에게 와서 인사를 하며 대화를 시작하게 된다면, "말하는 나 John"과 "나의 말을 듣고 받아들이고 있는 너 Jenny"는 새롭게 "우리"가 될 수 있으며,

그리고 "말하는 나 John"이 이전에 "우리"로서 같이 있었지만 이젠 멀찍이 떨어져 있게 된 Tom, Amy, Eddy, Billy, Ann을 "너 Jenny"에게 직접 가리켜 소개하게 된다면,

"나 John"은 그 사람들을 "한 무리, 저들"로 묶어서 "너 Jenny"에게 보여줄 수 있게 된다.

"저들"은 "우리 John과 Jenny"에게 같은 "한 무리"로 같이 인식될 수 있고, "우리의 문장" 안에서 "그때의 저들 those"로 동작의 주체가 될 수 있으며, 그 문장의 2인칭 주어도 될 수 있다.

이어서 "우리 John과 Jenny"의 소리를 듣고 "그때의 저들" 모두 "Tom, Amy, Eddy, Billy, Ann", 혹은 몇몇 "Tom, Amy"가 다가와서 서로 마주 보며 "같은 주제의 말"을 하게 된다면, "우리"와 "그때의 저들" 모두, 혹은 몇몇 "Tom, Amy"는 함께 같은 부류의 "한 무리"로서 같이 인식된 "우리"가 될 수 있고, 다음 "우리의 문장" 안에서 "그때의 우리 we"로 동작의 주체가 될 수 있으며, 그 문장의 2인칭 주어도 될 수 있다.

하지만 "우리"와 "저들" 사이에는 시간과 거리에 대한 물리적 어려움이 따르게 되면서, 함께 "우리"가 되는 일에는 지나온 시간과 거리만큼 더 이상의 물리적 노력이 필요하게 된다.

"우리 John과 Jenny"의 소리를 "그때의 저들" 모두 "Tom, Amy, Eddy, Billy, Ann", 혹은 몇몇 "Tom, Amy"를 제외한 그 나머지 "Eddy, Billy, Ann"이 혹시 듣게 되었더라도 공감하지 못하게 되었거나, 아예 다른 소리로 들려지게 되었다면,

"그때의 저들" 모두, 혹은 그 "Eddy, Billy, Ann"은 "우리 John과 Jenny"와 서로 같은 주제를 갖지 못하게 되면서 "우리 John과

Jenny"에게 같은 "한 무리"로 같이 인식된 "그들"이 될 수 있고, 다음 "우리의 문장" 안에서 "그때의 그들 they"로 동작의 주체가 될 수 있으며, 그 문장의 2인칭 주어도 될 수 있다.

"저것들"

"우리 John과 Jenny"가 서로 대화하면서, "말하는 나 John"이 기대고 있던 책상에서 멀리 떨어진 채로, 그 책상에 놓인 pencil(연필) 두 자루와 book(책) 한 권과 ruler(자) 세 개를 "나 John의 말을 듣고 있는 너 Jenny"에게 직접 가리켜 보여주고자 한다면, "나 John"은 "너 Jenny"에게 그 사물들을 "저것들"로 묶어서 보여줄 수 있게 된다.

"저것들"은 "우리 John과 Jenny"에게 같은 "한 무리"로 같이 인식될 수 있고, "우리의 문장" 안에서 "그때의 저것들 those"로 동작의 주체가 될 수 있으며, 그 문장의 2인칭 주어도 될 수 있다.

이어서, "우리 John과 Jenny"와 서로 마주 보며 "같은 주제의 말"을 하지 못하는 대상으로서의 "그때의 저것들"은 "우리 John과 Jenny"에게 같은 "한 무리"로 같이 인식된 "그것들"이 될 수 있고, 다음 "우리의 문장" 안에서 "그때의 그것들 they"로 동작의 주체가 될 수 있으며, 그 문장의 2인칭 주어도 될 수 있다.

5. "사람 이름들", "사물 이름들"과 2인칭 주어

"사람 이름들"

지금 "우리 John과 Jenny"의 문장에서 Tom, Amy, Eddy, Billy, Ann 의 이름들이 등장하고 그 이름들이 "우리 John과 Jenny"에게 같이 아는 "그 이름의 인물들"이 된다면, "그 인물들"은 이제 "우리 John 과 Jenny"에게 같은 "한 무리"로 같이 인식된 "그들"이 될 수 있고, 다음 "우리의 문장" 안에서 "그때의 그들 they"로 동작의 주체가 될 수 있으며, 그 문장의 2인칭 주어도 될 수 있다.

또 지금은 "Tom과 Amy"가 "우리"로서 있고, "우리 Tom과 Amy"의 문장에서 다른 이름들과 함께 John과 Jenny가 등장하고(혹은 둘의 이름만 등장하고) 그 이름들이 "Tom과 Amy"에게 같이 아는 "그 이름의 인물들"이 된다면, "그 인물들"은 이제 "우리 Tom과 Amy"에게 같은 "한 무리"로 같이 인식된 "그들"이 될 수 있다. 그 "John과 Jenny"가 한 곳에서는 "우리"였지만, 다른 한 곳에서는 "그들"이 될 수 있는 것이다.

"나 John"이 "너 Jenny"와 "우리"가 되기 바로 전까지, 서로 이름을 부르면서 알고 있었고 아직도 가까이 있는 "Tom, Amy, Eddy, Billy, Ann"을 "너 Jenny"에게 가리켜 소개하고자 한다면, "나 John"은 "너 Jenny"에게 "Tom, Amy, Eddy, Billy, Ann"을 "이들"의 무리로 묶어서 보여줄 수 있게 된다.

그 이름들의 "이들"은 "우리 John과 Jenny"에게 같은 "한 무리"로 같이 인식될 수 있고, "우리의 문장" 안에서 "그때의 이들 these"로 동작의 주체가 될 수 있으며, 그 문장의 2인칭 주어도 될 수 있다.

이어서 "우리 John과 Jenny"가 "그때의 이들"이 "우리"와 합류하기를 바라는 마음으로 "나 John"이 그 이름들을 불렀을 때 "그때의 이들" 모두 "Tom, Amy, Eddy, Billy, Ann", 혹은 몇몇 "Tom, Amy"가 듣고 "우리 John과 Jenny"와 같은 주제를 갖게 된다면,

"우리"와 "이들" 모두, 혹은 몇몇 "Tom, Amy"는 함께 같은 부류의 "한 무리"로서 같이 인식된 "우리"가 될 수 있고, 다음 "우리의 문장" 안에서 "그때의 우리 we"로 동작의 주체가 될 수 있으며, 그 문장의 2인칭 주어도 될 수 있다.

"우리 John과 Jenny"의 소리를 "그때의 이들" 모두 "Tom, Amy, Eddy, Billy, Ann", 혹은 "Tom, Amy"를 제외한 그 나머지 "Eddy, Billy, Ann"이 듣게 되었더라도 공감하지 못하게 되었거나, 혹은 아

예 다른 소리로 들려지게 되었다면,

"그때의 이들" 모두 "Tom, Amy, Eddy, Billy, Ann"이나, 혹은 그 "Eddy, Billy, Ann"은 "우리 John과 Jenny"와 서로 같은 주제를 갖지 못하게 되면서 "우리 John과 Jenny"에게 같은 "한 무리"로 같이 인식된 "그들"이 될 수 있고, 다음 "우리의 문장" 안에서 "그때의 그들 they"로 동작의 주체가 될 수 있으며, 그 문장의 2인칭 주어도 될 수 있다.

"나 John"이 "너 Jenny"와 "우리"가 되면서, 이젠 멀리 떨어져 있게 되었지만 전에 서로 이름을 부르면서 알고 있었던 "Tom, Amy, Eddy, Billy, Ann"을 "너 Jenny"에게 가리켜 소개하고자 한다면, "나 John"은 "너 Jenny"에게 "Tom, Amy, Eddy, Billy, Ann"을 "저들"의 무리로 묶어서 보여줄 수 있게 된다.

그 이름들의 "저들"은 "우리 John과 Jenny"에게 같은 "한 무리"로 같이 인식될 수 있고, "우리의 문장" 안에서 "그때의 저들 those"로 동작의 주체가 될 수 있으며, 그 문장의 2인칭 주어도 될 수 있다.

이어서 "우리 John과 Jenny"가 "그때의 저들"이 "우리"와 합류하기를 바라는 마음으로 "나 John"이 그 이름들을 불렀을 때 "그때의 저들" 모두 "Tom, Amy, Eddy, Billy, Ann", 혹은 몇몇 "Tom, Amy"가 혹시라도 듣고 "우리 John과 Jenny"와 같은 주제를 갖게 된다면,

"우리"와 "그때의 저들" 모두, 혹은 몇몇 "Tom, Amy"는 함께 같은 부류의 "한 무리"로서 같이 인식된 "우리"가 될 수 있고, 다음 "우리의 문장" 안에서 "그때의 우리 we"로 동작의 주체가 될 수 있으며, 그 문장의 2인칭 주어도 될 수 있다.

"우리 John과 Jenny"의 소리를 "그때의 저들" 모두 "Tom, Amy, Eddy, Billy, Ann", 혹은 "Tom, Amy"를 제외한 그 나머지 "Eddy, Billy, Ann"이 혹시 듣게 되었을지라도 공감하지 못하게 되었거나, 혹은 아예 다른 소리로 들려지게 되었다면,

"그때의 저들" 모두 "Tom, Amy, Eddy, Billy, Ann"이나, 혹은 그 "Eddy, Billy, Ann"은 "우리 John과 Jenny"와 서로 같은 주제를 갖지 못하게 되면서 "우리 John과 Jenny"에게 같은 "한 무리"로 같이 인식된 "그들"로 될 수 있고, 다음 "우리의 문장" 안에서 "그때의 그들 they"로 동작의 주체가 될 수 있으며, 그 문장의 2인칭 주어도 될 수 있다.

"사물 이름들"

지금 "우리 John과 Jenny"의 문장에서 pen, pencils, book, ruler, bags의 이름들이 언급되고 그 사물들이 "우리 John과 Jenny"가 같이 아는 "그 이름들의 사물들"이 된다면, 이제 "그 사물들"은 "우리

John과 Jenny"에게 같은 "한 무리"로 같이 인식된 "그것들"이 될 수 있고, 다음 "우리의 문장" 안에서 "그때의 그들 they"로 동작의 주체가 될 수 있으며, 그 문장의 2인칭 주어도 될 수 있다.

"나 John"이 "너 Jenny"와 "우리"가 되기 바로 전까지 "나"와 가까이 있었고 아직도 그 자리에 있는 그 이름들의 사물들 pen, pencils, book, ruler, bags를 "너 Jenny"에게 직접 가리켜 보여주고자 한다면, "나 John"은 "너 Jenny"에게 그 사물들을 "이것들"의 무리로 묶어서 보여줄 수 있게 된다.

그 이름들의 "이것들"은 "우리 John과 Jenny"에게 같은 "한 무리"로 같이 인식될 수 있고, "우리의 문장" 안에서 "그때의 이것들 these"로 동작의 주체가 될 수 있으며, 그 문장의 2인칭 주어도 될 수 있다.

이어서, "우리 John과 Jenny"와 서로 같은 주제를 갖지 못하는 대상으로서의 "그때의 이것들"은 "우리 John과 Jenny"에게 같은 "한 무리"로 같이 인식된 "그것들"이 될 수 있고, 다음 "우리의 문장" 안에서 "그때의 그것들 they"로 동작의 주체가 될 수 있으며, 그 문장의 2인칭 주어도 될 수 있다.

"나 John"이 "너 Jenny"와 "우리"가 되면서, 자신이 기대고 있던 책상에서 멀리 떨어져 있게 된 채로, 그 책상 위에 그대로 놓인 그 이름의 사물들 pencils (두 자루), book, rulers(세 개)를 "너 Jenny"에게 직접 가리켜 보여주고자 한다면, "나 John"은 "너 Jenny"에게 그 pencils(두 자루), book, rulers(세 개)를 "저것들"의 무리로 묶어서 보여줄 수 있게 된다.

그 이름들의 "저것들"은 "우리 John과 Jenny"에게 같은 "한 무리"로 같이 인식될 수 있고, "우리의 문장" 안에서 "그때의 저것들 those"로 동작의 주체가 될 수 있으며, 그 문장의 2인칭 주어도 될 수 있다.

이어서 "우리 John과 Jenny"와 서로 같은 주제를 갖지 못하는 대상으로서의 "그때의 저것들"은 "우리 John과 Jenny"에게 같은 "한 무리"로 같이 인식된 "그것들"이 될 수 있고, 다음 "우리의 문장" 안에서 "그때의 그것들 they"로 동작의 주체가 될 수 있으며, 그 문장의 2인칭 주어도 될 수 있다.

6. 모든 복수 주체의 단어 "우리 we", "너희 you", "그들(그것들) they", "이들, 이것들 these", "저들, 저것들 those", "사물 이름들"과 2인칭 주어

문장 안에서 "말하는 나 I"와 "나의 말을 듣고 같은 주제를 갖게 된 너 you"가 존재하게 된다면,
"우리 we"와, "우리 말"을 듣는 "너희 you"가 만들어질 수 있게 되면서, "우리 we"와 "너희 you"는 다시 "우리 we"로 만들어질 수 있게 되고, 그 외의 인물 중에서 "그들 they"가 만들어질 수 있게 된다.

"우리 we"는 다시 누군가에 의해 "너희 you"와 "그들 they"로 만들어질 수 있게 되면서, 곧, 사람에 대한 누구든지 그때의 관계성에 따라 "우리 we", "너희 you", "그들 they", "이들 these", "저들 those"의 어느 한 무리에는 들어 있게 된다.

이 무리는, 결국 "나 I"가 알고 바라보면서 만들게 되므로, 문장에서 동작의 주체로 될 때와 그 문장의 주어로 될 때 "나 I"에 대한 2인칭이 되는 것이다.

사물에 대한 "이것들 these", "저것들 those", "그것들 they", "사물이름들"도 "나 I"가 알고 일방적으로 만들게 된 무리로서, 문장에서 동작의 주체로 될 때와 그 문장의 주어로 될 때는, 마찬가지로, "나 I"에 대한 2인칭이 되는 것이다.

제9강 복수 주체의 2인칭
주어와 be동사

제9강 복수 주체의 2인칭 주어와 be동사

문장 안의 모든 복수 주체는 2인칭으로서 "있는 그대로" 존재를 드러내는 be동사는 "are"이다.

We are ~   우리는 존재한다. 우리는 ~(이)다.

You are ~   너희는 존재한다.   너희는 ~(이)다.

They are ~ 그들은 / 그것들은 존재한다. 그들은 /그것들은 ~(이)다.

These are ~ 이들은 / 이것들은 존재한다. 이들은 / 이것들은 ~(이)다.

Those are ~ 저들은 / 저것들은 존재한다. 저들은 / 저것들은 ~(이)다.

(사물 이름들) 예를 들어, Pens are ~ 펜들(이) 존재한다. 펜들(이) ~(이)다.

(사람을 표현하는 이름들) 예를 들어, Nurses are ~ 간호사들(이)은 존재한다.
간호사들(이) ~(이)다.

나의 영어 이야기 <두 번째 이야기 제1권>을 마치면서

나의 영어 이야기 <두 번째 이야기 제1권>은 이렇게 끝났다.

영어를 열렬히 배우려고 애썼던 시절이 어제 일처럼 떠오른다.
말을 못 해 힘겨웠던 시절이었지만, 그 시절이 있었기에 오늘 나는
"영어"를 알게 되고 "말"을 알게 되고 "나"와 "너"를 알게 되었다.

나는 이 책을 마쳤지만, 이 책은 이제 길을 떠나간다.
영어를 배우려고 애쓰는 우리에게 "나"와 "너"와 "말"을 다시 가르쳐
주고 잊어버렸던 것을 찾아주기 위해 길을 떠나간다.

우리가 잊어버렸던 것을 깨닫는 순간, 영어는 허울 좋은 나의 욕망
을 채우기 위한 도구가 아니라, "나"와 "너"를 서로 소통하게 해주는
한 언어이고, 한 언어로써 서로 말하고 들어주며 서로를 이해해주고
아껴주며 사랑하게 해주는 한 도구라는 것을 알게 된다.

영어를 배우면서 말을 배우면서 우리는 다시 순수해지고, 뜨거운 열정을 가지고 인생을 살아가며 사랑을 배울 수 있게 된다.

내가 좋은 책을 썼는지 아닌지의 여부는 알고 있지 못하다.
그러나 여기에 적혀있는 단 한 문장이라도 어떤 이의 마음을 깨우쳐주어, 그가 영어를 배우면서 말을 배우면서 창조의 순수한 울림의 소리를 듣게 된다면, 나는 그동안 쏟아온 노력에 대한 보람을 얻게 될 뿐만 아니라 내 일생에 삶의 목적과 의미를 찾게 될 것이다.

사막에서 필요한 것은 물과 나침판이듯이, 영어에 목마른 사막과 같은 세상에서 "나의 영어 이야기"는 그들에게 단지 한 문제의 정답이 아니라 물과 나침판이 되기를 바라는 마음으로 이 글을 마친다.

이 책은 이제 길을 떠나가고, 나는 제2권을 향해 새로운 항해를 시작한다.

나의 영어 이야기

지은이 한유진

1판 1쇄 발행 2018년 1월 31일

저작권자 한유진

발행처 하움출판사
발행인 문현광
교정교열 조세현
디자인 이경희
주소 광주광역시 남구 주월동 1257-4 3층 하움출판사
ISBN 979-11-88461-15-8

홈페이지 http://haum.kr/
이메일 haum1000@naver.com

좋은 책을 만들겠습니다.
하움출판사는 독자 여러분의 의견에 항상 귀 기울이고 있습니다.